目次

JN216408

装丁　大久保明子

ままならないから私とあなた

レンタル世界

いちごの形をしたタイマーが鳴った。

「あ～、もう終わりだぁ」

舌足らずな喋り方でつぶやくミイミがいるほうへ、上半身を起こす。「あと十分かあ」そう言いながら俺は、股間をていねいに舐《ねぶ》ってくれていたミイミと一緒にもう一度ベッドに寝転んだ。「もう終わりかあ」とゴネながら、ミイミの小さな右耳、そのふくざつな中身を、尖らせた舌先で掃除をするように舐《な》める。「もう、ほらぁ、シャワー行かなきゃ」ミイミはシーツをまるごと巻きとるみたいに身を捩り、頑丈な蔦のように絡まっている俺の手足からするりと抜けだした。

「どうだった、ミイちゃん」

ホテルから出ると、外で煙草を吸っていた野上《のがみ》先輩がひょいと左手を挙げたので驚いた。足元に吸い殻が落ちているところから見ても、少し待たせてしまっていたのかもしれない。腐っても後輩、先輩よりは早く出てくるように気を付けていたつもりだったのに。

「ミイじゃなくてミイミですよ、確か」

「俺はミイって呼んでんの。なんかミイミイ鳴くネコみたいじゃんあの子。で、どうだった？」

「まあ、確かにかわいいですけど、別に他の子とそこまで変わらないっていうか……抱き心地は良かったですけど」

思案顔の俺めがけて、「時間いっぱい楽しみやがって」と、先輩が煙を吐きだしてくる。「ちょっ、やめてくださいよっ」俺が煙を大げさに払っているうちに、先輩はすたすた歩き出してしまう。

ミイミの細い体はまるで水のようだった。どう抱きしめても、こちらが形成した空間にフィットするようなやわらかさがあった。甘えてはくるけれども、しかし過剰に距離を詰めるわけではない話し方も、長いあいだ関係のあるセックスフレンドのようなつかず離れずの心地よさがあり、そこに関しては先輩がいつもこの子ばかり指名する理由はなんとなく理解できた。ただ、肝心のテクニックはそれほどでもなかったため、俺は途中から、見え隠れする独特なイントネーションから、おそらくこの子は日本人じゃないんだろうな、とボンヤリ考えたりしていた。

「今日はミイちゃん貸したけど、次はダメだからな」

先輩は、まだ半分ほど残っている煙草をぽとりと落とし、革靴の底でぐりぐりと踏みつける。

「はいはい」嫌がる先輩にジャンケンを申し込んでまで無理やり譲ってもらったお気に入りは果たしてどれだけテクニシャンなのかと期待していたけれど、正直、テクニックの面で考えるとミイミは一回で十分だ。先輩は、単純に顔が好みなのだろうか。俺はすでにミイミの顔を少し忘れている。

だけど、先輩のように、結婚してしばらく経つと、ミイミのような子に触れたくなるものなのかもしれない。こちらのすることを全て許してくれるような寛容さがある代わりに、突然連絡が取れなくなってしまいそうな危うさがある、割り切った関係の女の子。けなげに毎日自分の帰りを待ってくれている女性がいる人ほど、いきなりなんの跡形もなく目の前から消えてしまいそうな脆さが恋しくなるのかもしれない。

終電の時間まではまだ余裕があるが、一杯飲んでいこう、という空気にはならなかった。駅までの道を歩きながら、先輩が「つーかさあ」とつぶやく。

「お前、会社であんま言うなよ、野上さん最近風俗連れて行ってくれないんすよ~とか」

「え？　なんでダメなんすかぁ~？」

理由を承知している上で聞き返すと、頭をかく先輩の左手、その薬指にある指輪が、歓楽街を背景に鈍く光った。

「結婚してるのに風俗とか、女の後輩とかにドン引きされんだよ。男の若いやつらは俺らにも奢ってくださいよ~とかそれはそれでうるせえし。こういうときほんと社内結婚じゃなくてよかったと思うわ」

今年三十一になる野上先輩には、二歳になる一人娘がいる。先輩は顔立ちもノリも派手なのでたくさん遊んでいるように見られるが、ちゃっかり二十八歳で結婚しているのだ。式は相手の両親の意向で親族だけのひっそりとしたものだったので、俺は先輩の奥さんに会ったことがない。だが、ショートカットがよく似合う、料理上手の美人という噂はよく聞く。「二十八までに出会った女より、二十八から出会う女のほうが圧倒的に数も多いし質も高いんだからな。俺の言ってる意味わかるか」酒を飲むたび先輩はそう言うが、その割には頼んでもいないのに愛娘の写真をガンガン見せてくる。かわいいっすね、という感想では先輩はもう満足しないので、最近では「ほんと先輩にそっくりっすねえ」というキラーフレーズも一緒に差し出すことにしている。

俺が大学一年生のとき野上先輩は大学四年生だったので、同じラグビー部として活動できたのはたった一年間だけだった。だが、寮で生活をしていたこともあってか、五年間同じ部署で仕事をしている今よりも、あの一年間のほうがなんだか長く一緒にいたような気がする。

体育会の運動部の縦の繋がりは想像以上に強く、就活のときもかなり早い段階で様々な企業に勤める先輩を紹介してもらえた。子どものころより典型的な〝考える前に動く〟タイプの俺は、野上先輩が勤めているという理由だけで、今勤めているクラハシ乳業の試験を受けた。そのまま採用が決まったときは、それまで呆れていた親もさすがに笑っていた。ラグビー以外に自分に向いているものというのもよくわからなかったので、正直、仕事内容はどうだってよかったのだ。それに、どんな会社だろうと、仕事の中身なんてそう変わらないだろうとも思っていた。

野上先輩は、大学一年生、つまり東京一年目の俺を通り過ぎていったすべての出来事を知っている。俺が童貞を捧げた相手も、俺が初めての風俗で緊張のあまり何もできなかったことも、とにかくすべて。初めての東京、初めての一人暮らし、何も知らない俺に、先輩は良いことも悪いことも丸ごと教えてくれた。スポーツドリンクでお酒を割ると酔いが早くまわるため、一発やりたい女の子と飲むときはあらかじめ何本か買っておくべきだということ。玄関に寮監室があるため原則として男子寮に女の子を連れ込むことはできないが、日曜深夜、寮監がコンビニへジャンプを買いに行く瞬間だけは連れ込める可能性があるということ。どうにもこうにも金がなくなったときは、体育会名物、ゲイ向けのアダルトビデオ出演という最後の一手があるということ。先輩は、カッコ悪いこと、恥ずかしいこと、思い出したくないこと、俺のどうしようもない部分の全てを知ったうえで、今でも面倒を見てくれている。その安心感は計り知れない。

体育会採用ということもあってか、入社一年目からスーパーや飲食店などを相手取る法人営業一部に配属された。上司の面々は野上先輩をはじめどちらかというと体育会系が多かったので、飲み会を盛り上げることには自信のある俺は、すぐに職場になじむことができた。入社六年目の今では独身寮にいる後輩たちと飲むことも多いが、根っからの末っ子気質ということもあって、野上先輩といるときのほうが気は遣うがラクはラクだ。部活の後輩に金は出させられない、と、先輩はいつも飲み代も風俗代も奢ってくれる。もちろんその分、俺は先輩が気持ちよくその時間を過ごせるように努める。

「井村とかまで連れてってくださいよーって言ってくるんだぜ?　新婚だろあいつ。先週嫁さんの顔見たばっかだってのに連れてけねえよな」

「あー、幸せそうでしたねえ」

俺は、先週末、部のみんなで列席した井村さんの結婚式のことを思い出す。年次で言うと俺より一つ上なだけなのに、井村さんは野上先輩よりもグッと老けて見える。

「奥さんめっちゃキレイだったし。元読モでしたっけ？」

「相席婚だけどな」

「それもういいですって」

先輩は、井村さんの結婚式中もずっと、何かあるたびに俺の隣の席で「相席婚だけどな」と付け足していた。相席居酒屋で知り合った、という馴れ初めが本人たちは恥ずかしいらしく、井村さんも奥さんも「友人の紹介で知り合った」と言い張っているのだが、井村さんと一緒に相席居酒屋に通っていた人間が社内におり、もうバレバレ状態なのだ。埼玉で生まれた新郎は子どものころから元気活発、やんちゃ盛りの幼少時代を過ごされました。当時から体育が得意なお子さんだったようですね。「結果、相席婚だけどな」小さなころから人よりも背が高いことがコンプレックスだった新婦ですが、大学時代にそのコンプレックスが長所に変わります。ミスコンで入賞したことをきっかけにモデルの世界へ。学生時代は様々な雑誌の誌面を華やかに彩りました。「結果、相席婚だけどな。あとモデルじゃなくて読モな」

主賓の部長が、普段の井村さんの仕事ぶりがいかに素晴らしいかというスピーチをしているときには、飲み会で仕入れた情報なのか、そこそこのボリュームの声で「取引先の人に勧められた箱根の旅館でカーテン開けて立ちバックしたらしいぜ」と話しはじめた。マジで黙ってください、と懇願しつつも、肩を出したドレスでにっこりとほほ笑んでいる新婦を見ていると、俺の下半身は不覚にも少し反応してしまった。

俺は、結婚式が好きだ。昔の仲間に会えるとか、酒飲んで騒げるとか単純にめでたいとかそういう理由ももちろん大きいが、なによりも、ものすごくきちんとした人間のふりをしている新郎新婦を見るのが好きなのだ。列席者には、本当はこんなにもきちんとした人間ではないことを知っている間柄の人間しかいないのに、みんなで着飾って共犯関係を築き、きれいなものしかない世界を作り上げているところがおもしろくってたまらない。

「そういえば、すげえかわいい子いたの覚えてます？　新婦の友人席。確かナントカヨウコちゃんって子」

「あー？」先輩がスマホを触りながら生返事する。奥さんに、今から帰るとでも連絡しているのかもしれない。

「やっぱレベル高かったっすよね、特に、同じゼミだった？　とかいう大学の友人テーブル」

大学の仲間ってことはみんな読モとかやってたのかなあ、とつぶやきつつ、自分でも鼻の下が伸びていることがわかる。

「文学部ってやっぱかわいい子多いんすねえ。ヨウコちゃんの連絡先聞いとけばよかったなー」

「お前彼女いんじゃん」

風俗帰りの妻帯者の言葉とは思えない。所持する資格のない正義感を振りかざされ、俺は思わず笑ってしまう。

三か月前、同期が企画した合コンで知り合った年下の彼女の顔を思い浮かべようとする。しかし、なぜかそれよりも早くナントカヨウコの顔が浮かび、あーあ、と俺は思った。

「もうすでにビミョーな感じですもん。今度の休み、なんか謎解きゲーム？　とか行かされるんすよ」

「土曜？　だったら夜ドイツ戦じゃね、サッカー」

「うっげえ、観れねえ」

「結婚式かあ」

もー別れよっかなあ、とボヤくと、先輩はいじっていたスマホを胸ポケットにしまった。

自分の式のことでも思い出しているのか、先輩はほんの一瞬、夜の十一時にしては明るすぎる夜空を見上げる。

「自分の式が終わった次の日、俺、風俗行ったんだよなあ。さっさとどうしようもない自分に戻したくて」

「最低すね」

「お前もいつかわかるよ、この気持ちがよ」

「わかりたくないでーす」

冷たくそう返しつつも、俺はすでにその気持ちがわかるような気がしていた。「生意気な後輩」
隣で先輩が小さくボヤく。

ＯＢ訪問で久しぶりに会ったときも、先輩は同じようなことを言っていた気がする。終業後の待ち合わせだったので、もちろんお互いスーツ姿だったのだが、先輩は一時間も経たないうちに「なんかぴしっとしすぎて話しにくいよな」と言い出し、結局、俺をキャバクラに連れて行ったのだ。女の子にお酒を作ってもらいながら、先輩は何かに言い訳するように、「なんかうそついちゃうんだよ、ああやってかしこまっていろいろ聞かれると。相手お前のくせして、すげえ忙しく働いてる振りとかしちゃうんだよな」と笑った。そのとき、ラグビー部の先輩だからという理由ではなく、やっぱりこの人のことは信頼できる、と俺は思った。

自分の底を見せる。最も相手に知られたくないようなことをさらけ出す。これまで自分は、そうすることで先輩を始めとする様々な人との信頼関係を築いてきた気がする。中高生のころから、仲良くなった部活の仲間とはよく銭湯に行った。練習中や試合中はチームメイトとして関わっているやつらも、湯船に入ってしまえば皆、湯で温められてぐったりとした睾丸《こうがん》をぶら下げたただの滑稽ないきものになる。そんな姿を見せ合えば、あっという間に心の扉が開いた。さらに、不思議なことだが、一度一緒に風呂に入ってしまえば、おすすめのアダルト動画やコスパのいい風俗店についての情報交換だって全く抵抗がなくなった。特に、ラグビー部の寮生たちとは、先輩後輩問わず、一番恥ずかしい人間らしい部分を見せ合ってきた自信がある。だからこそ感じられる本物の繋がりが、たまらなく心地いい。

「懐かしいな、なんか」

俺もちょうど寮生活の日々を思い出していたので、テンポよく「ですね」と返してしまう。

「ですねって、お前俺の結婚式来てねえだろ」どん、と、拳で上腕二頭筋のあたりを突かれる。昔のような筋肉の張りは、もうない。

「そういえば先輩、俺まだ家行かせてもらってないっすよー」

駅が近づいてきたので、俺は前から気になっていたことをぶつけてみた。先輩は、二歳になった娘が保育園に入る前に、三十年ローンでマンションを購入した。「これで定年まで働きづめですわ」そうぼやいていたけれど、やはり新居を人に見せたいらしく、引っ越してからしばらくの間は「マイホーム祝い持って遊びに来いよ、手ぶらでは来んなよ」とよくちょっかいをかけられたものだ。

「ちょっと前まではよく来い来い言ってたのに、全然誘ってくれなくなりましたよね。もしかして欠陥住宅？」

「あー？」先輩が、ふぁあ、と大きなあくびをする。「同期とか呼びすぎて、嫁が疲れちゃってさ。ほら、つまみとか作んなきゃいけなくなるから。せっかく寝た娘も起きちゃうし」

「俺にも奥さんの手料理食わせてくださいよ〜。まだ一度も会わせてもらったことないですし」

「あー？　まあ、そのうちな」先輩がちらりと腕時計を見る。「お前がちゃんとした彼女作ったら、うちに連れてこいよ。その子俺にも紹介しろ」

じゃあ俺こっちだから、と、先輩が地下鉄へと続く階段を降りていく。お疲れ様でしたーと頭を下げつつ、家に着くまでにお礼の連絡をしておこう、と思う。

街の明かりが反射した闇に、星がなじんでしまっている。ちゃんとした彼女、か。ため息をつきながら思い浮かべた顔は、今週末にデートの約束をしている真由佳《まゆか》でも、もちろんついさっきまで抱き合っていたミイミでもなかった。


やっぱりそうだよな、と観察していたら、黒髪の彼女がパッと顔を上げた。

「あ！」

声はとっくに零《こぼ》れ出たあとなのに、彼女は小さなてのひらで口を覆い隠した。「わかった、わかりましたこれ！」彼女は興奮した様子で、図形の問題が書かれている用紙にさらさらとペンを走らせる。

「ほら、ここに線引けばここが三角形になるから、そしたら内角の合計が百八十度になって……それがわかったらここの角度わかりますよ！　えっと、九十度、九十度だ！」

彼女はそのままの勢いで、九、十、と書く。

「十、糸、米、屯、九、……」

用紙に書かれた五つの漢字を見ながら、全員が「う〜ん」と頭を捻っている。真由佳は自分の頭では全く解けない謎の数々にすっかり飽きてしまったのか、隣に座っている俺の太ももをつんつんと突いてきたり、ジーパン越しに膝をくすぐってきたりする。

「あれ、もしかして」

俺は、黒髪の彼女の指から、ひょいとペンを抜き取る。

「これ、組み合わせたら【純粋】になるんじゃないすか？　ほら、ちょうど五文字空いてるし、ここジュンスイって入れたら……」

そのまま、クロスワードの中で空いていた最後の五マスに、ジュンスイ、と書き込む。その瞬間、

「ビンゴ！」

と、黒髪の彼女が、俺の目を見て表情を輝かせた。

「雄太《ゆうた》すごおい」

真由佳が両手を合わせて感嘆の声を漏らすが、そのころにはもう、俺のちょっとした快挙なんて誰も気にしていなかった。皆、次の謎解きに取りかかっている。

そして俺自身も、今自分が何をしたのかなんて、あっという間に忘れてしまった。ビンゴ、と言った彼女の表情、真正面から見たその笑顔が、網膜に焼き付いて離れない。

やっぱりそうだ。間違いない。

彼女のまっすぐ伸びる黒髪をまじまじ見つめながら、ビンゴ、と思わず口にしてしまいそうになる。あのときは披露宴用のドレスに合わせて髪の毛をアップにしていたからよくわからなかったけれど、絶対、そうだ。

「すごい、ゴールできそう、さっき解いたパズルとクロスワードの結果を繋げて……えっと、キユウ、イチ、ハチ、ロク！　パスワード、９１８６！」

彼女の声に合わせて、その友人らしき女性が、宝箱に付いているダイヤルをまわす。すると、カバがあくびをするようにパカッと蓋が開いた。「やったっ！」中には、【脱出成功】と書かれたカードと小さな鍵が入っている。

「すごい、初めて成功したっ！」

「やった、すごいっ！」

黒髪の彼女は、友人らしき女性と手を取り合って無邪気に喜んでいる。「あの図形の問題が解けたのが大きかったですね」わりとずっと役立たずだったメガネの男性が、彼女に笑いかける。俺は、なれなれしく話しかけんなよメガネ、と勝手にイライラしたが、次の言葉を聞いて、もう一度彼女の顔をまじまじと見つめることになった。

「大学、理系だったので。こういうの燃えちゃうんですよねー」

王様のブランチでやってたから、という理由で真由佳に連れてこられた『謎解きミステリーの館』は、数年前から人気らしい体験型謎解きアトラクション、だった。全参加者の中から即席で六人グループを組まされ、そのグループで協力しながら、謎が張り巡らされた館からの脱出を目指すのだ。「え、知らない人と同じグループになるってことですか？　うっそ、雄太とふたりきりじゃないの？」真由佳は冒頭の説明で早速不機嫌そうな表情になったけれど、俺は、一日中ふたりきりでいなくてもいいんだ、と正直かなりほっとした。合コンで知り合った真由佳は、今年都内の百貨店に就職したばかりの二十三歳で、今はトイレタリー用品の販売員をしている（「トイレって入ってるけど汚くないからねー！」）。俺が五歳年上ということもあってか、初めてのデートのときから財布を出す素振りも見せない。

俺たちが割り振られたグループは、俺と真由佳の他に、友達同士の二十代の女性が二人と、おそらくそれぞれひとりで来ている三十代の男がふたり、という構成だった。地味だが頭の良さそうな、というか頭でも良くないと不憫《ふびん》なくらい地味な男ふたりがグループの頭脳となると思いきや、始まってみれば、女性二人組の独擅場だった。

やがて、その二人組のうち、ライトグリーンのニット帽をかぶっていたほう――す、と通った鼻筋に、色素の薄い目がきれいなほう――が、ニット帽を脱いだ。そのとき俺は、声こそ漏らさなかったものの、まるで漫画に出てくる鼻水を垂らした子どもみたいに、ぱかっと口を開けてしまった。

ナントカヨウコ――井村さんの結婚式にいた、新婦の友達だ。

ラッキー！　マジでツイてる！　俺はすぐに野上先輩にラインを送ろうとしたが、謎解き中は原則として携帯電話の使用が禁止されているらしく、再会による興奮をどうにか自分の身ひとつで鎮めなければならなかった。この時点で、隣にいる真由佳のことはかなりどうでもよくなっていた。当の真由佳は謎解きどころかまず問題の意味がよくわからないようで、「なにこれ、どういうこと？」ばかり繰り返しており、こんな女が働けるトイレタリーな職場ってどんなんだろう、とぼんやり思った。大きな胸とふくらんだ下唇につられて合コンの二次会のあとすぐホテルに誘ってしまったが、正直、やってしまう前にもう少しきちんと見定めておくべきだった。すぐに合鍵をくれと言ってきそうなので、家には入れていない。実家から出たことのない真由佳は「独身寮は壁が薄いんだよ」という適当な言い訳を丸ごと信じている。

ただ、黒髪の彼女に関して、ひとつ、気になることがあった。

あの結婚式場で見た彼女の姿と、目の前で謎解きに興じている彼女の姿は、外見しか重ならないのだ。

俺はなんとなく謎解きに参加しながらも、常に彼女の言動を追っていた。大学時代、新婦と同じ文学部に通い、同じゼミに所属していたという友人たちのテーブルはとても落ち着いた雰囲気だった。特にこの黒髪の彼女は、知らない人たちで急きょ構成されたグループの中でリーダーシップを執るようなタイプには到底見えなかった。だけど、この極上の外見を見間違えるなんて、俺に限ってそんなことはありえない。あの式に参加していたのは、間違いなく、この女だ。

脱出成功なんて、それこそ真由佳よりもどうでもいいことだった。グループの皆で健闘を讃えあいながら、俺は、宝箱が開いた直後の彼女の発言を思い出していた。

——大学、理系だったので。こういうの燃えちゃうんですよねー。

「なんか疲れちゃったねー、どっかカフェとか入んない？　あたしおなか空いちゃったかも」

『謎解きミステリーの館』を出てすぐ、真由佳は俺の腕に絡みついてきた。「ごめん」その腕をさりげなくほどくと、俺はできるだけ真剣な表情で言った。

「ちょっと会社から急に出勤しろって連絡きた。ほんと悪い、今から行かなきゃ」

ええー⁉　と子どもみたいな声を出す真由佳と俺のすぐ横を、グリーンのニット帽をかぶりなおした黒髪の彼女が通り過ぎていく。ごめん、ともう一度頭を下げると、俺は彼女の背中を追いかけた。

「レンタル友達？」

は？　と口を開ける俺を、彼女は鋭い目で睨む。「大きな声出さないでってば」がちゃんと音をたててカップを置くその仕草からも、苛立っていることが丸分かりだ。

真由佳と別れ、俺はすぐに彼女に声をかけた。だが、「すみません」そう声をかけてすぐ、女子二人組の片方だけがナンパについてくるわけない、と冷静になった。そんな初歩的なミスに声をかけてから気が付くなんて、それだけであのときの自分がどれだけ焦っていたのか推し量れる。

「あの、さっきのやつ、同じグループにいたんですけど、俺」

ぶつぎりの文章で話しはじめた俺に、二人はいぶかし気な視線を投げる。拒否反応を示される前に、俺はもう一歩、前に出た。

「あなた、先週、結婚式出てましたよね？　新郎が井村で、新婦が何だったかな……カツラ、葛《かつら》城《ぎ》！　そうだ葛城。俺、井村さんの職場の後輩で」

そういうやり方のナンパだと思われたのか、黒髪でないほうの女が「行こ」と踵《きびす》を返した。だが、次の一言で、二人の動きは止まった。

「その新婦の友人の、文学部時代のゼミ仲間の方ですよね？」

数秒間、三人の間に沈黙が流れた。

「……は？　この子文学部じゃありませんけど」

固まった空気を動かしたのは、お目当ての彼女の友人のほうだった。ナンパだと決めつけているらしいその女は、鬼のように眉を吊り上げて言った。

「人違いじゃないですか？　ナンパならやめてください。行こ、芽衣《めい》」

「ごめん」

俺が何か言い返すより早く、黒髪の彼女が口を開いた。

「ほんとごめん、ちょっと先帰ってて」

結果的に、彼女が俺を引きずり込むような形で、近くにあったカフェに入った。取り残された友人は、「ごめんね、ほんと、あとから事情説明するから！」と顔の前で手をあわせる彼女を見て、ぽかんと口を開けていた。

記憶の中にいる、井村さんの式に出席していた文学部の彼女。今目の前にいる、謎解きゲームでリーダーシップを執り、理系の学生だったという彼女。その二人が、シルエットだけをぴったりと重ねて、俺の向かいの席に座っている。

「……その、レンタル友達っつーのはどういう……」

「だから、人間関係をレンタルするサービスっていうのがあるんだってば」

「人間関係をレンタル……」

彼女はほとんど中身の入っていないカップを持ち上げると、またすぐにソーサーに戻した。店に入ってからずっと、こんな調子で落ち着きがない。

高松《たかまつ》芽衣と名乗った彼女は、ナントカヨウコじゃなかったっけ、と戸惑う俺に、「あの結婚式のときは偽名使ってたから」と、今日の天気予報でも告げるように言った。そして、偽名、という聴き慣れない言葉に動揺する隙も与えないくらいのスピードで、「あの日はレンタル友達として式に参加してたから偽名だったの」とさらに聴き慣れない言葉を続けた。

「えーっと、つまりそれは」

「文学部で同じゼミだった倉持曜子《くらもちようこ》は、レンタル友達として派遣された私。実際の私は、建築学部出身の高松芽衣」

説明はわかりやすいのだが、そもそも使われている単語がわからない。「はあ」と生返事を繰り返す俺に、高松さんは「はーあ、どうしよ」とため息を浴びせた。

「レンタル業って、絶対バレちゃいけないの。まさかこんなところであの式にいた人に会うなんて……」

人違いだと言い張ってこの場を離れるか。友人を先に帰らせ、この男を口封じするか。俺が声をかけたとき、高松さんは瞬時に後者を選んだのだろう。新郎の職場の後輩だと名乗った時点で、高松さんにとって俺は、人間の形をした地雷に生まれ変わったらしい。誰かが踏む前に、処理しておかなくてはならない——そう思ったのも当然かもしれない。

「レンタル業って……結婚式の友人席に、全然知らない人をレンタルする、てこと、ですか？」

「そう。ていうか、マジで、絶対その新郎に言わないでよね。てか誰にも何も言わないで。今日のことは全部忘れて。レンタルがクライアント以外の人にバレたら、私クビになるかもしれないんだから」

高松さんは、俺に対して初めからタメ口だった。同い年だったので特に問題はないのだが、俺は高松さんに対してなぜか敬語になってしまう。

「他人をレンタルって、なんでそんなこと」

「そりゃ式に呼べる友達がいなかったからでしょ」

ふう、と、高松さんがもう一度大きなため息を吐く。

「相手は生粋の体育会系で学生時代の仲間も多いきちんとした勤め人、片や学生時代に読モやってただけでろくに就職もしてない女子――新婦側の友人席、ほとんどレンタルだったみたい。同性の友達が少ないタイプだったんだろうね」

あれだけ雇ったらけっこうお金かかっただろうな、と、高松さんは右手を挙げる。コーヒーのおかわりを頼むその横顔を見ながら俺は、この人の演技力やべえな、と思う。あの式中は、中高一貫の女子校からそのまま付属の女子大の文学部に通っていたお嬢様にしか見えなかった。

「……金払って他人呼ぶくらいだったら、誰も呼ばなきゃいいのに」

俺の言葉を、高松さんが鼻息で吹き飛ばす。

「そんなのできるわけないじゃない」

高松さんのカップに、追加のコーヒーが注がれる。

「あんな立派なホテルで結婚式しといて、片方だけ招待客が全くいないなんて。それだけで信頼関係壊れるかもってレベルだよ」

「そうかあ?」俺の声の高さがワントーン上がる。「嘘つかれるより、正直に友達いないって言われるほうがいいと思うけど」

「正直がいい、ね……みんながみんな理想通りに生きられるわけじゃないよ」

高松さんは、注がれたコーヒーを一口飲んだ。

「日本人って、直接的な評価よりも、間接的な評価を信じるでしょ。この人のこと信頼してもいいのかなって悩んだとき、その本人から私めちゃくちゃいい人なんです！　って言われても信じないけど、あの子めちゃくちゃいい子なんだよ、って第三者から言われたらフウンそうなんだってなるじゃん」

高松さんが、俺を見ないまま早口で話し続ける。

「結婚式の招待客って、新郎新婦を間接的に評価する重要な要素なんだよ。新郎も新婦も、結婚式に来てるお互いの友人を見て、お互いの人間性を信頼する最後の判を押してる感じがするんだよね。式直前になって、来てくれる友達がいないなんて、誰だって言い出せないと思う」

確かに、井村さんの友人席は、式の間もずっとはしゃいでいてとても騒がしかったが、その賑やかさそのものが井村さんの健全な学生時代を反映しているようで、見ていて嫌な印象はなかった。ケーキ入刀のときはそのテーブルにしかわからないような内輪ネタで井村さんを笑わせたり、キャンドルサービスなんか盛り上がりすぎて司会者にやんわり注意されていたほどだったが、俺は、あんな仲間がいる井村さんはやっぱりかっこいい男なんだな、と後輩として誇らしささえ抱いた。野上先輩をはじめとした職場の同僚テーブルも負けじと場を盛り上げたが、やはり井村さんのすべてを知っているといっても過言ではない学生時代の友人テーブルにはかなわなかった。

自分が結婚式をしたならば、やはり友人席はとても賑やかになるだろう。特にラグビー部のテーブルの騒がしさは、想像しただけでゾクゾクする。あんな、家族ほどの繋がりがある人しか座れないような場所に金を出して他人を座らせるなんて、全く想像ができないし、やっぱり、そもそも考え方として間違っているはずだ。

「全然意味がわからないって顔してるけど、今、レンタル業っていっぱいあるよ」

高松さんから発せられる言葉ひとつひとつをうまく飲み下すことができず、俺は上手に反論ができない。

「友達だけじゃなくて、親とか、兄弟とか、親戚とか……私も結構いろんな人たちになりすましてきたもん」一方、高松さんは饒舌だ。レンタル友達をしていたことがバレてしまった以上、取り繕う必要がない相手だと認識されたのかもしれない。「あのときはたまたま友達役だったけど、来週はレンタル彼女として知らない人とランチだし」

「レンタル彼女⁉」

「もちろん体の接触はなしね」

高松さんがちらりと俺の目を見る。考えていたことを見透かされたようで、少し恥ずかしい。

「クライアントの妹さんが結婚式をするらしくて、そのタイミングで両親が上京してくるんだって。親に会うたび見合いさせられそうになるから、前日の昼に彼女のフリして一緒にランチしてくれないかって。三十五歳とかだったかな？　そのクライアント」

聞いてもいないことをぺらぺら話し出す高松さんの細い手首を見ながら、俺は、ああそうか、と不意に納得した。「でもこれは依頼の中ではまだ軽い方で、特にレンタル家族の場合は笑えないような話もたくさんあるんだよね」俺は、高松さんの話に相槌を打つことをやめ、テーブルに届いてから手を付けていなかったアイスコーヒーを一口飲んだ。乾いていた口の中があっという間に潤う。

俺は、よし、とテーブルの下で拳を握り、口を開いた。

「俺、高松さんに一目ぼれしたみたいっすわ」

「は⁉」

突然の告白に、高松さんは「なになになになに⁉」となぜか怒ったような表情になる。

「これでやっと対等に話せる。はー、言ったらなんか気ぃ抜けた」

「ちょっと勝手に自己完結しないでよ！　ていうかさっきの、彼女と一緒に来てなかったっけ？　マジで何言ってんの？」

ぎゃあぎゃあ喚きつつも、高松さんは耳の端まで真っ赤だ。やっぱかわいいな。

「まず、最も相手に知られたくないようなことをさらけ出す――これ、人と仲良くなるための俺のモットーね。なんか俺だけ何もさらけ出してないような気がしたから、言ってみた」

そこまで話してやっと、椅子の背もたれに自分の体重が乗りかかったのがわかる。やはり、全身が強張っていたらしい。

「式で見かけて、すげえきれいな人いるなーと思ってたから、顔覚えてたんだよ。そうでもないとあんな声のかけ方しないって。先輩たちともあの子かわいいなーっつってたんだから」

「勝手にいろいろさらけ出されても困るんですけど……」

高松さんは、コーヒーカップの中の小さな泉にふうふうと息を吹きかけている。突き出した唇は、真由佳のようにぽってりとふくらんではいないけれど、それでもじゅうぶん色っぽく見えた。真由佳はきっと、他に取り立てて目を引くポイントがないから、性的なイメージにつながる部分が過剰に魅力的に見えていたんだろうということに、今更気が付く。

あ、もう携帯触っていいんだった。俺は野上先輩にラインを送ろうとスマホを触るが、真由佳からの大量のメッセージと着信履歴に埋め尽くされている画面にうんざりし、そのまま裏返してテーブルの上に置いた。こうしているうちに妖精か何かが真由佳からの連絡をきれいに掃除してくれないかな、と思う。

「つうか、好きだから言うんだけど」

「そんな前置きされても困るんだけど」

「やめたほうがいいんじゃない、そのレンタル業？　とかいうの」

高松さんは、「ビンゴ！」と言ったとき以来初めて、その大きな二つの目で、真正面から俺の両目を見据えた。

「だってそれって、ウソついて相手を騙してるのと同じことだろ。結婚式に他人呼んだり、親に彼女っつって他人会わせたりしてさ」

「あー、はいはい」

高松さんが俺と目を合わせてくれていたのは、ほんの数秒だった。針に通そうとした糸の毛先が割れるように、あと少し、というところですぐに視線を逸らされてしまう。

「そのときだけは逃げ切れるかもしれないけど、どうせその場しのぎだろ、それ。人と人との関係ってそういうことじゃないっつうか」

「そんなのわかってやってるに決まってんじゃん」

高松さんは、俺の意見に反論してやろうというよりも、もう何百回と聞いたことのある説教をできるだけ体力を使わずに片付けたがっているように見えた。

「その数時間さえしのげればどうにかなるってことが、世の中にはたっくさんあるの。そうあるべき自分を作ってくれるものを数時間でもいいからレンタルして、それで誰も傷つかずに済むんだったらそれでいいじゃない。現にここであなたに会わなければあの結婚式だってうまくやり過ごせたわけだし」

「でもそれ、何の解決にもなってないし」

「レンタルで何かが根本的に解決するなんて私も思ってない。だけど、その場をしのいだ先に解決の糸口が見つかるかもしれないでしょ」

その場しのぎのプレーではいけない――ラグビー部で練習長を務めていた、若き日の野上先輩の声が蘇る。行き当たりばったり、その場しのぎのプレーじゃダメだ。頭と体にあらゆる攻撃パターンを叩きこんで、そのうえで初めて応用を利かせられるようになる。そうしないと意味がない――。

「レンタルなんとかで一日しのげたとしても、そんなことばっかりしてたら、またすぐにしのがなきゃいけない一日がくるんじゃねえの。あの新婦だって、これからずっと友達をレンタルし続けるわけにはいかねえじゃん」

はあ、と、高松さんがうんざりした様子でため息をついた。きれいごとばかりのお子ちゃまね、とでも言いたげなその様子が、俺の心の熱い部分に薪をくべる。

「人間同士のつながりって、そういうことじゃないだろ。友達とか家族とか、恋人もそうだけど、お互いにウソつかないで恥ずかしいこともさらけ出し合うからこそ、分かり合えるんじゃねえのかよ。いいとこだけ見せ合う関係って、そんなの実は他人と一緒だと思うけど」

この人の考え方を変えたい。

ふいに、俺はそう思った。真由佳や、今までの彼女には全く抱いたことのない、おこがましいともいえるような感情だった。だが、強烈にそう思ったとき、俺は高松さんに本気で惚れているのかもしれないとも思った。

「俺、中高大とずっとラグビーやってて、その仲間と分かり合えてることがすげえ自慢だし自信なんだ。特に大学のやつらとは寮も一緒だったし、ダサいところも全部見せ合ったからこそこんなにも仲良くなったんだって思ってる。ウソなんかお互い一つもないし、ていうかウソを作る隙もなかったし。先輩後輩関係なく、本当の仲間なんだよ」

「はあ」

高松さんは、もうすっかり俺の話に興味をなくしたようだ。おそらく、いくら話したところで通じ合わない相手だと認識したのだろう。こういうことは、ラグビー部時代にも、営業の仕事をしているときにも、多くあった。ただ、いくら話したところで、と思っている相手にこそ、こちらの考えをいくらでも話すことが大切だということを、俺は知っている。

「そいつらとの信頼関係が、なんつうか、今の俺を作り上げてくれてるって思う。だから、そのレンタル業ってのがやっぱりどうしても受け入れられないっつうか」

「こちらはあなたに受け入れてもらえなくても別にかまわないんですけど……」

すっかり冷めた表情で、高松さんは言う。

「とにかくあの式に出てた人になんにも言わないでいてくれれば、私はそれでいいから」

「もしかして高松さん、厚い信頼関係を築けてる人、いないとか？」

「は？」

高松さんがもう一度、俺の目を見る。その目の奥に怒りの感情があることが見て取れる。俺はひそかに、心の中でガッツポーズをした。相手の怒りを引き出すことができたら、こっちのもんだ。怒りは、たいてい、その人の本音と繋がっている。

「とにかく」

高松さんが、テーブルの端に置かれていた伝票を手に取った。

「今日のことは誰にも何も言わないで。それだけ守ってくれればいいから。あなたがレンタル業をどう思おうと私には関係ないし」

この人の考え方を変えたい。

その思いが、心の真ん中を、足跡をつけながら通り過ぎていく。世の中には本物の信頼関係で結ばれている人がいるということを、そしてその関係性だけが生むことができる幸福感を、この人にも知ってほしい。そして、できれば、俺との関係で、その幸福感を抱いてほしい。

そう思ったとたん、頭の中で、聞き慣れた声が鳴り響いた。


――お前がちゃんとした彼女作ったら、うちに連れてこいよ。その子俺にも紹介しろ。


「じゃあ、秘密厳守でよろしくお願いします」

「待って」

俺は、伝票を持ったまま立ち上がった高松さんの手首を、摑む。

「なにっ？」

やめてよ、と高松さんが腕を振るが、俺はその手首を離さない。絶対に離さない。周りの人の視線がぱらぱらと俺たちに降り注ぐ。そんな中でも俺は、手首の細さと、冷房の風に当てられた肌の持つほんのりとした冷たさと、男の手を全く振り払えていないかよわさに、女の子だな、と感じてしまう。

「レンタル彼女、依頼させて」

「……さっきからずっと何言ってんの、ほんとに」

力を抜いた俺のてのひらから、高松さんの手首がするりと抜けだす。

「高松さんを彼女としてレンタルしたい。もちろん金は払うから」

「本気で言ってんの？」

高松さんに見下ろされながら、俺は「マジマジ」と頷く。

「上司に、ちゃんとした彼女連れて家に遊びに来いって言われててさ。真由佳、あ、さっき一緒にいたの真由佳ってんだけど、真由佳連れていくのもなんか違うなって思ってたとこで」

俺はちらりと、裏返しになっているスマホを見る。

「俺の今の上司、さっき話したラグビー部時代の先輩なんだよ。お互い、ホントに何でも知ってる関係なんだ。一緒に風俗行ってるから性癖も知ってるくらい」

高松さんの眉間にしわが寄る。「ま、今のは冗談としてさ」初対面の女性の前で風俗はよくなかったな、と、俺はすぐに反省する。

「だから、その先輩んち行くために、俺の『ちゃんとした彼女』役、やってよ。これって何、どっかホームページとかから依頼すんの？　なんて検索すればいいの？」

思わずスマホを手に取った俺は、うげえ、と顔をしかめてしまう。着信四件、ライン七件。もちろん、全部真由佳からのものだ。

「……仕事としての依頼なら、断る権利は私にないけど」

高松さんは紙ナプキンを一枚、テーブルに拡げた。「私のとこ、わりとちゃんとしてるから結構高いよ」小さな声でそうつぶやきながら、レンタル彼女を依頼するためのサイト名か何かだろうか、文字を書いてくれている。

「来週さ、レンタル彼女の仕事があるって言ってたけど……俺、レンタル彼女なんて、正直、いっちばんおかしいと思う」

俺がそう言うと、一瞬、高松さんの手の動きが止まった。

「レンタル友達もレンタル家族もおかしいけど、レンタル彼女が一番気味悪い。体の接触はないっつってたけど、それでもやっぱおかしいって。うまく説明できねえけど、なんつうか、生理的に理解できない」

高松さんの手の動きに動揺が見えたのは、ほんの一秒足らずだった。すぐに、角度の問題を解いたときみたいに、迷いなくペン先が動き始める。

「だけど、こうでもしないと一緒にいられないっぽいし。俺の考えをちゃんと聞いてすらもらえないし？」

かち、と小さなノック音がして、高松さんの持つペンの先端がプラスチックのボディに収まる。

「知ってほしいんだ、高松さんに。俺がいっちばん大事にしてる、人と人との関係っての」

「このサイトに申込フォームがあるから」

高松さんは、俺と目を合わせないまま、ペンを鞄の中にしまった。「そこから連絡して」それだけ言うと、振り向くこともなく、カフェの出口へと向かってしまう。奢ってもらっちゃったな、と思いながら、俺はいつまでも彼女のしなやかな後ろ姿を見つめていた。


できたての料理から立ち上る湯気の向こう側で、伊織《いおり》さんがにこにこ笑っている。

「わあ、すごくおいしそう!」

高松さんは、これまで聞いたことのないような若々しい声を弾けさせながら、ぱちぱちと手を叩いた。「すごい、私料理全然できないので尊敬しちゃいます」高松さんの言葉に、伊織さんはもちろん、野上先輩からも笑顔があふれでる。

「ショートカットが似合う料理上手の美人、って噂、ホントだったんですねー」

俺が二缶目のビールのプルトップを開けながらそう言うと、「あら、そんな噂が?」と伊織さんがくすくす笑った。照れ隠しなのか、先輩は返事をする代わりにぐっとビールをあおった。

ブラックオリーブとチキンのサラダ、ニンニクの効いたムール貝のアヒージョに自家製バゲット、タラとほうれん草のトマト煮、牡蠣の白菜ロールチーズ巻き、牛肉とバルサミコソースのタリアータ。木目調がやさしいダイニングテーブルいっぱいに並べられた料理は全て、先輩の妻である伊織さんの手作りらしい。

「あの、タリアータって何ですか？」

メモを取らんばかりの勢いで、高松さんが質問する。

「イタリアのお肉料理。最近は結構その辺のお店でもリーズナブルに食べられるよ」ふきんで手を拭きながら、伊織さんがテーブルへ戻ってくる。「タリアータは『切り分ける』っていう意味なんだって。だから実は調理自体はめちゃくちゃ簡単。野菜と一緒に食べてね」

「すごい、理想の奥様ですね」

そう微笑む高松さんは、さすがの演技力としか言いようのない振る舞いを続けてくれている。依頼した俺でさえ、本当の彼女だったかと錯覚してしまいそうなほどだ。今日に向けて、メールで綿密な打ち合わせを重ねただけのことはある。

あれから俺は、個人的な興味もあり、レンタル業についてネットで調べてみた。利用者の感想などを漁ってみると、どうやら利用する目的は大きく二種類に分かれるらしい。

ひとつは、レンタルするのが恋人でも友人でも、とにかく疑似的な人間関係を楽しむため。そこに第三者の存在はなく、ウソでもいいから友情だったり恋愛感情だったりを感じたい——つまり、自分で自分を騙すために他人をレンタルする、というものだ。そして、レンタル友達でもレンタル恋人でも、高松さんの言うように、身体的な接触、または性的なサービスは厳禁だった。第三者のいない自宅やホテルへの出張、車でのドライブやカラオケなどの個室に入ることも禁止されていた。

もうひとつは、井村さんの新婦が結婚式に友人をレンタルしたように、第三者のいる特定の場面を乗り切るため――つまり、第三者を騙すために他人をレンタルする、というものだ。今回のケースもこちらに当てはまる。この場合、サイトから依頼する段階で、性別や年齢など、簡単な希望条件を記入する必要があった。そして運営側が提案してきた数名の候補者の顔写真から、こちらが希望者を指名する。その後、他人に完全になりすましてもらうべく、外見、内面含め、徹底的に情報を擦り合わせていくのだ。

「そういえば、今日、お子さんってどうしたんですか？」

部屋をきょろきょろ見渡す俺に、先輩が「ああ、それがさ」と答えてくれる。

「ちょうど今日、保育園の『お泊まり保育』ってやつでさ。亜矢乃《あやの》、初めて親元離れてのお泊まりなんだよ」

「娘さん、亜矢乃ちゃんっていうんですね。かわいい」

高松さんが気持ちいい相槌を打つ。

「そうなのそうなの。だからちょうどいないんだよね……まあでも今日はうちにゴリラみたいなやついるし、亜矢乃いたら泣きだして大変だったかもな」

「ちょっと先輩！　ゴリラって誰のことですか！」

俺のツッコミで、場がわっと盛り上がる。「いやこいつ昔からほんとにゴリラみたいでさ、ラグビー部のときなんか相手チームのやつらに……」繰り出される俺の学生時代のエピソードに、高松さんは口に手を当てて笑っている。

これも演技なのだろうか。俺は、高松さんの笑顔に照らされながら、演技でこんなにも上手に笑えるものなのだろうかと思った。人気の女優だかのインタビューだっただろうか、絶叫や激怒の演技は意外と簡単で、実は笑う演技が一番難しいというようなことを読んだことがある気がする。

「ほんっと、素敵な夫婦ですね。おうちもきれいでうらやましい」

箸を置いた高松さんが、ひとさし指の第一関節のあたりで目尻を拭った。たくさん笑うと、涙が滲《にじ》むタイプらしい。

「ちなみに、お二人はどこで知り合われたんですか?」

「共通の友人の紹介――」野上先輩が椅子に座り直す。「って言いたいところだけど、まあつまり合コンだな合コン」

わはは、と先輩が豪快に笑う。

「私はその日、合コンって初めてで。友達に無理やり連れていかれたら、この人がいたの」

伊織さんの言う、この人、という言葉の響きが、ちゃんとした彼女も嫁もいない俺にとってはとても美しく聞こえる。

「体育会と女子大生のよくある合コンだよな。伊織の地元と俺の母方のばあちゃんが住んでる家がすげえ近くてさ、それで話が盛り上がって」

「へえ。出身どちらなんですか?」

「福岡だよな」

先輩の問いかけに、「そう。こう見えて、九州の女なの。お酒、強いのよ」と伊織さんが一口、ワインを飲む。

「素敵。なんか運命っぽいですね」

ね、と、高松さんが俺に微笑みかける。そのしぐさも演技だと分かってはいるが、あまりにタイプの顔なので、いちいちドキドキしてしまう。

「伊織さんの御実家って、料理教室とかじゃないんですよね? 私めんどくさがりだし、なかなか自炊ができなくって」

「実家が洋食屋なんだよ。なあ?」

先輩が伊織さんに呼びかける。アルコールがまわっているのか、高松さんが美人だからテンションが上がっているのか、いつもよりも先輩の口数が多い。

「俺、ガキのころ、ばあちゃんにこいつの店連れて行ってもらったことがあったんだよ、超偶然。さすがにそれがわかったときは運命かなとか思ったね」

酒がすすむと、結局、俺と先輩はラグビー部時代の昔話をはじめてしまう。「芽衣ちゃん、こいつの学生時代見たことある?」酔った先輩はついに、当時の写真をテーブルに並べ始めた。ほんとにゴリラみたい、と高松さんはもちろん、伊織さんも楽しそうに笑っている。先輩は写真を一枚ずつ指しながら、俺もすっかり忘れていたような赤っ恥エピソードをポンポンと披露していった。「俺とお前が同じ寮にいたの一年間だけだったけどさ、あんときが一番寮が荒れてたよな」「でしたねー、この写真とか、金なさすぎて、俺、禁断の最後の一手やっちゃおうか迷ってたときですよ」「お前っ、その話やめとけ」二人にしかわからない会話も多くあったが、むしろそんなときのほうが場は大いに盛り上がった。

「ほんとにお互いなんでも知ってるんですね」

ふと、高松さんが小さな声で、そう呟いた。

「……うらやましいな、そんな関係」

先輩にも、伊織さんにも、聞こえなかったかもしれない。だけど俺には、聞こえてしまった。ちょうどアヒージョのスープにバゲットを浸していたから、高松さんの表情を見られなかったけれど、俺はしっかりと聞き取ってしまった。

うらやましいな、そんな関係。

だったら。

だったら俺と、そんな関係になろうよ――――口からこぼれかけた言葉を、バゲットとともに無理やり飲み下す。

「そろそろデザートにします?」

俺が持ってきた赤ワインも空になったころ、伊織さんが「初めて挑戦したからおいしくないかもしれないけれど」と、パイナップルを使ったババロアを冷蔵庫から取り出した。おいしくない、なんてこと、あるはずがない。これ以上はもう食べられないとお手上げ状態だったはずの胃が、受け入れ態勢を整え始めたのがわかる。

「あー楽しかった、こんなに笑ったの久しぶりですよ」

目じりに滲んだ涙を拭きながら、高松さんが言う。「もうこの人の顔見るだけで笑っちゃいそう」俺を横目で見て、高松さんはまたヒイヒイ笑う。

俺は、高松さんの横顔を見つめる。自分の顔が熱いのは、きっと、ワインのせいだけではないはずだ。

野上先輩と伊織さんという、もう何年も連れ添った夫婦。先輩と俺の、十年近くにも及ぶ男同士の歴史。それらが生み出す笑顔と、高松さんの笑顔は、あの呟きを境に、もうほとんど差がなくなっている。

高松さんを、本当の、本当の彼女にしたい。ふと俺は、真っ白い天井から、このダイニングを見下ろしているような気持ちになる。また、この四人で、こんなふうに笑い合えたらどれだけ幸せだろうか。

「ほんっとにおいしいお料理たくさん、ありがとうございました。代金お支払いしたいくらいです、ほんとに」

お礼を言いながら、高松さんは「あ」と表情を輝かせる。

「そうだ伊織さん、連絡先交換させてもらえませんか。私、今日のお料理のレシピ教えてもらいたいな」

「えっ、嬉しい。年上を持ち上げるのがうまいのね、芽衣さんは」

伊織さんがニコニコ微笑む中、俺は、思わず高松さんの顔を凝視していた。

レンタル彼女が誰かにプライベートの連絡先を教えることは、NG事項のはずだ。なのにどうして——そう思った途端、俺の顔はさっきよりももう一段階、熱くなった。

もしかして。

「でも、メールだと長いレシピは読みにくいだろうから……そうだ、レシピ本をコピーしたものを夫に渡しておくわ。夫が雄太さんに渡して、雄太さんが芽衣さんにお渡しするっていうのでどうかしら」

「わーっ、お手数おかけしてすみません！　嬉しい！　雄太、渡すの忘れないでよね」

「お、おう」

高松さんに小突かれて、俺の上半身が前につんのめる。

「そうだ、私今インスタグラムやってて」

さらに、高松さんは、カバンから自分の携帯を取り出した。ディズニーのキャラクターがあしらわれたケースがかわいい。

「せっかくなんで、みんなで写真撮りませんか？　あー、お料理の写真もちゃんと撮っとけばよかったなあ」

慣れた手つきで画面ロックのパスワードを入力する高松さんの笑顔を見ながら、俺は、胸の高鳴りを必死に抑え込もうとする。

写真も、確か、プライベートな連絡先と同様、NG事項となっていたはずだ。レンタル業者が映り込んでしまった写真は、レンタルが終わったあと、依頼者にとって不都合な証拠になりかねない。

もしかしてが、やっぱり、に変わる。

あの呟きは、高松芽衣本人の本音だったのではないだろうか。彼女は今、誰にも成り代われるレンタル彼女としてではなく、世界でひとりの高松芽衣として、笑って、話して、俺や先輩や伊織さんと、関係を築こうとしているのではないだろうか。

「今の子たちってみんなインスタグラム？　とかいうのやってんだなあ」

おじさんみたいな発言をする先輩を、伊織さんがくすくす笑う。

「写真は、ぜひ、亜矢乃がいるときにまたみんなで撮りません？　私たち、うちに遊びに来てくださる方と亜矢乃の記念写真を集めてるんです。成長の記録にもなるし、亜矢乃が寝ちゃった日や今日みたいに家にいない日は、お客様がまたうちに来ていただける約束にもなるし」

「素敵、そうしましょう。是非また呼んでくださいね」

私もお料理勉強しなくちゃ、と、高松さんが嬉しそうに微笑む。盛り上がる女性ふたりを眺める先輩の表情は、二人が仲良くなったことが嬉しいのか、どこかホッとしているように見えた。

髪を耳にかけながらお手洗いに立ったら、残り時間十分の合図。

「すみません、ちょっと私、お手洗い借りても大丈夫ですか」

高松さんが席を立った瞬間、俺は、すでに打ち合わせていた重要事項を思い出した。腕時計で時刻を確認する。

「あ、廊下出てすぐ右の扉」

「ありがとうございます」

高松さんがダイニングからいなくなる。もう少しで、レンタルを始めてから三時間だ。一時間七千円なので、三時間で二万一千円。延長は別途料金が発生してしまう。

制限時間があることを、忘れかけていた。上がり切っていた体温が、少しずつもとに戻っていく。

「あー、亜矢乃にも会わせたかったなーこんな美人さん。ゴリラはいいからさー」

「だからゴリラじゃないですって！　人間人間！」

慌てて先輩にツッコむが、テーブルに並べられている写真の中の俺は確かにゴリラにしか見えず、何の説得力もない。

もうすぐ終わりか。心の中でそう呟いたとき、

「伊織さん、ちょっとすみません」

トイレのある方向から、高松さんの声がした。

「あ、はい」

伊織さんが、ちらりと先輩の方を見たかと思うと、パタパタとスリッパの底を鳴らしてダイニングを出て行く。トイレットペーパーでも切らしていたのだろうか。

「ほんとにいい奥さんですね」

「お前の彼女も超美人じゃん」

テーブルに並んだ昔の写真と、口の中に残るコーヒーの上品な苦みがどうにも不釣合いで、なんだか笑ってしまう。あまりにも楽しかった時間は、終わったその瞬間には、細部まで思い出すことができない。時間が経ってようやく、何がどう楽しかったのか、考えられるようになる。

「お前、今日のことあんまり会社のやつに言うなよ？　伊織もこれだけ料理作るのけっこう大変なんだからさ」

「わかってますよー」

俺はそう言いながら、先輩は高松さんのことを思う存分言いふらしてくれないかな、と思った。俺の彼女が美人だという噂が広まれば、この時間はレンタルでもなんでもなく、そのまま現実だったのだと押し切ることができそうな気がした。

三時間分の料金、二万一千円。先輩のマンションは二十三区内だったので、交通費は一律三千円。合計二万四千円を、高松さんに渡す。

「おつりないね？」

まるで銀行員のような手つきでお金をかぞえると、「ぴったり。ありがとうございます」高松さんはぺこりと頭を下げた。

最寄り駅までは、徒歩十五分。「不動産屋は十二分つってたけど、実際十五分くらいある」という先輩の言葉通り、確かに酔いを醒ますには十分すぎるほどの距離だ。

「楽しかった？」

「まあ」

二人、横に並んで歩く。お互いの表情は見ずに、ちらちらと地図アプリを確認しながら歩く。マンションやアパートが立ち並ぶ住宅街は人影が少なく、自然と、会話する声が小さくなる。そうすると、二人の物理的な距離も、縮まっていく。

俺は、この体の中にある熱を夜風が拭い去ってしまう前に、言った。

「高松さん、ほんとに俺と付き合わない？」

「え？」

高松さんが、ちらりと俺の表情を見た気がした。俺は、まっすぐ前を見つめたまま、続ける。

「これまでにさ、人と本気で、腹割って付き合うことが怖くなるような何かが、あったんだろ？　だからこんなレンタル業なんてやって……ま、何があったかとか、今は聞かないけどさ」

うらやましい。俺と先輩のやりとりを見て、そう呟いた高松さんの声は、いつでもどこでもあの音のまま脳内で再生できる。

「実際やってみて思ったけど、やっぱりおかしいよ、人間関係をレンタルするなんて。俺は、高松さんと真剣に付き合いたいと思ってる。それに、出しゃばり過ぎかもしれないけど、できればレンタル業の仕事をやめてほしいとも、思ってる。むしろ、こんなのもうやめたいって、俺が思わせる自信がある」

頭の中に蘇る高松さんの声をすべて吸い込む勢いで、俺は、ふう、と深呼吸をした。

「俺は、高松さんと、レンタルなんかじゃない本物の関係を築いていきたい。先輩と俺とか、先輩と伊織さんみたいな関係に、高松さんとなりたい。なんでも話して、なんでも笑いあって、誰かにうらやましいって思われるような、そんな本物の関係に、俺は高松さんとなりたい」

息をひそめている家たちが全て、耳をそばだてて、俺たちの会話を聞いているような気がした。先輩と行く歓楽街のネオンよりも、高松さんと歩く住宅街の星空のほうが、何倍も何倍も明るく見えるのが不思議だ。

高松さんは、何も言わない。いきなりこんなことを言われて、照れているのかもしれない。もしかしたら、こんなことを言われたことがなくて、戸惑っているのかもしれない。「なんかごめんな、いきなり」空気をやわらげようと、俺は、高松さんの顔を笑いながら覗き込む。

「なんか勘違いしてない？」

高松さんの顔は、アルコールにさえ酔っていなかった。

「今日の私は全部演技だからね？　打ち合わせで立てたプラン通りに行動しただけ。あなたが依頼してきたんじゃない。明るくて気立てがよくて、人見知りしない彼女キャラでお願いしますって」

ていうかさ、と、高松さんが呆れたように息を吐く。

「人間関係をレンタルする仕事をしてるのは、人間関係について何か辛い過去があるから、とかそういうの、ほんとやめてくれない？　辛い過去とか重い理由とかマジでないから。大学で演劇やってて、演技するのが楽しくなっちゃって、ってただそれだけのことだからマジで」

「うらやましいって」高松さんより大きな俺の声が、道の上に散らばる。「俺と先輩見て、二人の関係がうらやましいって言ってただろ、あれは」

「だからあの三時間は全部演技だっつってんじゃん」

高松さんは、歩くスピードを緩めない。

「じゃ、じゃあ」

俺はその場に立ち止り、前へ進もうとする高松さんの腕をつかんだ。

「連絡先は？　写真は？　伊織さんに聞いてただろ、レシピ教えてくれとか言って。あれってレンタル業的にＮＧじゃないのかよ。あれが全部演技だったんなら、何であんなこと聞いたんだよ」

「それは……」

高松さんが口ごもる。俺は、両方のてのひらで、高松さんの細い腕を握り締めた。

「なあ、あのときは、レンタル彼女じゃなくて本物の高松芽衣だったんだろ？　だからつい、連絡先とか聞いちゃったんだろ？」

「ねえ」

高松さんの声が、一段階、低くなった。

「あの先輩、最近、家によく職場の人呼んでた？」

「え？」

いきなりなんだよ、とたじろぎつつも、高松さんの表情から、高松さんが決してふざけているわけではないということはわかった。俺は、きちんと記憶を掘り起こす。

「……あのマンション買ったばっかのときはよく呼んでたみたいだけど、最近はそうでもなかったんじゃないのかな……子どもも小さいし、俺も、今日初めて行ったし」

「やっぱり」

高松さんはそう呟くと、腕をつかんだままだった俺のてのひらを、そっと外した。てのひらに滲んでいた汗が、外気に触れて冷たくなる。

高松さんが、俺の目を見て、言った。

「さっきの先輩の奥さん、たぶん、レンタル家族だよ」

夜空の星が、全て、裏返った気がした。

「私が二人に質問しても、絶対にあの先輩のほうが先に答えてた。出身地とか、料理が好きな理由とか、奥さんだけにした質問も、あの男の人が絶対に先に答えてた。不安だったんだと思う。矛盾したこと言わないか、打ち合わせの内容忘れてないかって。レンタル業者と細かく打ち合わせした依頼者ほど、ああなるんだよね」

目の前も、後ろも、何もかもが、真っ暗になる。

「土曜日にお泊まり保育なんておかしいしさ……ずっと、ちょっと怪しいなって思ってた。だから、連絡先も写真撮影も、こっちから聞いてみたの。奥さんのほうは現場慣れしてたんだろうね、結構無理やりな理由だったけど、さりげなく聞こえるようにどっちもちゃんと回避された。正直、参考になっちゃうレベルだったよ」

高松さんの声が、よく聞こえない。音として聞こえてはいるが、意味を理解することができない。

「最後に私、トイレに行って、あの奥さんを呼んだじゃない？　あのときね、急に生理になっちゃって、って言ってみたの。あの人、ナプキンの場所、知らなかった。さすがにそこまでは打ち合わせしてなかったみたい。とっさに、いま切らしててって言い訳してたけど、生理用品切らすって、女子からしたらあんまりないんだよね」

う〜ん、と声を漏らしながら、高松さんが全身を伸ばす。そして、動けない俺をその場に置いて、「こっちで合ってるんだよね？」と、駅のほうへと歩き出す。

追いかけたいけど、体が動かない。

「全部さらけ出し合えば本物の信頼関係が結べるとか、そういうのもうやめたら？」

俺は、地面に突き刺さってしまったような体を、どうにか動かす。

「心の中全部見せ合って、欠点も何もかも許し合って、肩組んで手つないでって、そうしないと人との関係って築いちゃいけないの？」

足を動かす。スニーカーの底が、小石を削る。

「みんな、まともに見られたいんだよ。そんなの当然じゃない。私、結婚式に友達レンタルしたあの新婦の気持ち、すっごくよくわかるよ。大切な人との関係を守るために、これまでもこんなにたくさんの大切な仲間を作り上げてきた人間なんですよって言いたいんだよ。こんな多くの仲間たちと良好な関係を築いてきた私は、あなたとも良好な関係を築いていけますよって」

「でも」

結局ウソついてることには変わりないだろ。頭の中では文章になっているのに、声に変換されない。

「確かにレンタル業は本物の人間関係じゃないよ。でも、誰かをレンタルしたことによって、別の誰かとやっと築き始めた本物の人間関係の芽を守れるかもしれないんだよ。あの新婦さんだって、もしかしたらこれまで誰一人とも心を通わせられなかったかもしれないけど、井村さんだっけ？　やっと出会えた、本物の人間関係を築ける一人目を幻滅させたくないって気持ちの何がおかしいの？」

「それなら」

「あなたが一人目なんですって正直に言えばいい、なんて言うつもりじゃないよね？」

やっと動いた足で、やっと追いつけそうになった高松さんの背中がまた、遠ざかる。

「お互いに絶対にウソをつくべきでない、何もかもさらけ出し合えばきっと理解し合えるはずなんていう窮屈な思い込みが、誰かのなけなしの一歩目を踏みにじってる可能性だってあるよ」

「でも」

自分の耳にさえ、自分の言葉が届かない。

「あんたの先輩もさ」

ぴた、と、高松さんが立ち止まった。

「何もかも分かり合えてるっていう理想の先輩像を押し付けてくるあんたにだからこそ、絶対に言えないことがあったんじゃないの」

俺もつられて、立ち止まる。

「まず、最も相手に知られたくないようなことをさらけ出す、だったっけ、あんたのモットーって。信じられないくらい傲慢だよね。俺が脱いだからお前も脱げよって、知りませんって感じ」

先輩。野上先輩。俺の童貞卒業の相手、初めての風俗、カッコ悪いこと、恥ずかしいこと、思い出したくないこと、その全てを知ったうえで面倒を見てくれている、最強の絆で結ばれている先輩。

「先輩が、奥さんをレンタルなんてそんな……」

そんなおかしなこと、と言いかけたとき、高松さんがこちらに振り返った。

「あんた、あの先輩に風俗奢ってもらうとか言ってたよね、確か」

俺は、無言でうなずく。風俗へ一緒に行ける関係という、俺と先輩を結ぶ確固たる太い線が見えたような気がして、少し、安心すらする。

「レンタル業がおかしいおかしいってあんた散々言ってるけど、レンタル業の最大の禁止事項が何か知ってる？」

俺は、首を横に振る。

「性的な接触だよ」

まるで強力な磁石のように、高松さんの両目が、俺の両目を吸い寄せる。

俺を見る高松さんの目は、その奥にある怒りの感情を球体になるまで練り上げたみたいに、鈍く光る。

「あんた、会ったときからずっとレンタル業なんて人としておかしいとか言い続けてるけど、そのレンタル業者たちが『これだけはおかしい』『これだけはやるべきじゃない』って言ってることに、あんたはずっと世話になってんだよ」

口の中が、からからだ。

「あんたにだけは、おかしいって言われる筋合い、ない」

一度ばらばらにされた全身の骨が、でたらめに組み立てられてしまったみたいだ。どこに力を入れればどう動けるのかが、わからない。

「あの先輩に何があったかなんて私は知らないし、別に知りたくもないけどさ」

高松さんは、俺に背を向ける。

「人生に何が起きるかなんて、誰にもわかんないんだよ」

そのまま、一人で、前へ歩いていく。

「今の世界にずっといられるかどうかなんて、誰にもわかんない」

俺はその場に立ち尽くしたまま、動くことができない。

「そのたび世界の一部をレンタルしてどうにか生き延びてる人のこと、なんで笑えるの」

動くことができない。


ベッドの上に置かれたスマホの画面をじっと見つめたあと、ミイミは言った。

「うん、知ってるよ。よく来てくれるもん、この人」

いい人だよ、と、ミイミは笑う。「シャワー一緒入る?」と甘えてくるが、俺は首を横に振った。

「いい。今日は、ミイミにこの人について聞きたいことがあったから来ただけだから」

「他のお客さんのこと、話したりできない」

俺よりも大きく首を振るミイミに、俺は一万円札を数枚、差し出す。

「話してくれたら、これ」

ミイミの頬が、紅潮したのがわかった。

「……こんなにくれるの?」

「そう。だから、俺と話そう」

「でも、ダメって言われてる」

どうにか理性を働かせているようだが、ミイミの視線は俺の持つ一万円札から離れない。「大丈夫。俺、ミイミから聞いたって絶対に絶対に絶対に誰にも言わないから」

「ほんと?」

結局ミイミは、お金を受け取った。「ほんとに何もしなくていいの?」頷く俺を確認すると、ふぁ~と甘えた声を出し、両手を広げてベッドに寝転んだ。何もしなくてもいいのにいつもより多くのお金がもらえることへの喜びが、全身から滲み出ている。

俺も、ベッドに寝転ぶ。すると、その反動で、さっきまでミイミに見せていたスマホがぽんと跳ねた。

「何もしないの、この人と同じ」

ミイミが、きれいに磨かれたひとさし指の爪先で、スマホの画面を指す。画面には、ビール瓶を片手にピースサインをしている野上先輩の写真が映し出されている。

「その人、ずーっとおしゃべりするの、ミイミと」

ミイミは固い枕を抱きしめると、ベッドの上をころころと転がる。

「何をおしゃべりするの？」

「……え～」

「家族のこと？」

「……ほんとにほんとにほんとに誰にも言わない？」

「本当に、言わない」

子どもみたいな俺の主張を、ミイミはそのまま信じる。

「奥さんとベッキョだー、リコンかもー、って、ミイミの手にぎってずっとおしゃべり。かわいい」

「そうなんだ」

ミイミを追うように、俺もころころと転がる。俺は寝転んだまま、もぞもぞと靴を脱いだ。汗で湿っていた足の甲が、すっとする。

「ほかにはどんな話したの？」

「えー？　内緒だよ？　えーっとねえ、なんだろ～」

癖なのか、隣同士寝転んでいると、ミイミは俺の体に抱き付いてきた。俺は、少しずつ反応していく下半身を呪いたくなる。

「なんで何もしないのって、聞いたことある？」

「あ、あるよー」

ミイミは、小さな膝小僧で、俺の股間を覆うズボンを擦ってくる。先端を狙ってくるようなその刺激に、その一点の体温が上昇していく。

「ちょっと前から、男の人としかできなくなっちゃったんだって」

――人生に何が起きるかなんて、誰にもわかんないんだよ。

俺は、目を閉じる。

「それが、奥さんにバレちゃったって。これ絶対ナイショだよ」

本当は、目だけでなく、耳も塞いでしまいたい。

先輩は絶対に、ミイミしか指名しなかった。一度だけ、無理やりジャンケンに持ち込んでミイミを譲ってもらったことはあったけれど、先輩は頑なにミイミだけを指名し続けていた。

「絶対絶対絶対ナイショだよ。ミイミ、クビになっちゃう」

十年前、先輩から、どうにもこうにもお金がなくなったときの「最後の一手」の話をされたときから、本当はずっと、ほんの少し、不思議に思っていた。

どうしてこの人は、そんなお金の稼ぎ方を知っているのだろう、と。

先輩は体育会の伝統だと笑っていたけれど、そんなこと、他の先輩からは聞いたことがなかった。

「……俺には、そういう話、ほんの少しもしてくれなかったな」

「なんか、ミイミには逆になんでもしゃべれるとか言ってたよー」

ミイミが勤勉に動かす膝の向こうにある、ジーパンの生地の向こうにある、ボクサーパンツの生地の向こうにあるものが、熱く、硬く、盛り上がっていく。

こんな、何重にも覆われているような場所を隠すこともせず、何度も一緒に風呂に入った。年末年始のオフ、誰かの部屋に集まって酒を飲んだときは、みんなでひとつの動画を観ながら同時にオナニーをしたことだってある。先輩は笑っていた。いつも。

俺はミイミを離し、ジーパンのベルトをほどいた。呼吸しづらそうにしていたものが、少し、楽になる。

「そういえば」

天井を見つめるミイミの幼い声が、真上に放たれる。

「もう時間も終わりくらいになると、その人、よく言ってた」

俺がミイミを借りたあの日、俺より早くホテルの外に出ていた先輩。煙草を吸いながら、俺のことを待ってくれていた先輩。

「戻さないと、って」

——今の世界にずっといられるかどうかなんて、誰にもわかんない。

「戻さないと、自分を、って。コーハイが待ってるからって」

——そのたび世界の一部をレンタルしてどうにか生き延びてる人のこと、なんで笑えるの。

戻さないと。自分を。

もといた世界に。

いちごの形をしたタイマーが鳴った。

ままならないから私とあなた

月曜日の日直は、これだからいやだ。週末、せっかくきれいにしてもらったサマーセーターの紺色に、チョークの粉の白がぱらぱらと降りかかってしまう。

二時間目は算数だった。担任のモリシタ先生は、先生の中でも一番くらいに背が高いから、黒板の上の上のほうまでびっしり数字を書く。そのくせ、字があんまり上手じゃない。ふにゃふにゃしていて、後ろのほうの席だと特に読みにくい。

「よっ、んっ」

わたしは黒板消しを右手に握ったまま、何度かジャンプをしてみる。だけどなかなか、一番上までは届かない。着地するたび、教室の床がたん、たん、と音を立てる。その音の大きさが、自分の体の重さをそのまま表しているようで、少し恥ずかしい。

教室の壁かけ時計を見ると、もう、次の国語まではあと五分しかなかった。二時間目のあとの、ちょっと長めの中休み、男子たちは時間と全身をいっぱい使って、ボールよりも高く速く校庭を跳ね回っている。わたしと一緒に日直を担当しているはずのキジマ君も、そのうちのひとりだ。

「まだ消せてないのー？」

後ろから、カオルちゃんの声がする。トイレから戻ってきたのだ。「そう、もうっ、全然届かないしっ、男子帰ってこないしっ」体が飛び跳ねると、言葉も跳ねる。

モリシタ先生はいつもやさしいけれど、黒板が汚いままだと、授業を始める前にその日の日直に注意をする。みんなが見ている前で黒板消しをやり直すのは、宿題を忘れたことや授業中の居眠りを怒られるときよりも長いあいだ注目を浴びることになるから、すごく嫌だ。

「男子の日直って誰だっけ？」

「キジマくんっ、いつも全然っなんもしてくんないっ」

「いいかげん先生に注意してもらったほうがいいんじゃなーい」

カオルちゃんは、トイレに一緒に行っていたとしても、黒板消ししてないから先戻っててていい、と聞けば、いいよ、と答えてくれる。カオルちゃんはほかの女の子たちと違って、トイレに一人だけ残されてしまうことを嫌がらない。嫌がらないというよりも、怖がらない、のほうが正しいかもしれない。

五年生のクラス替えで、はじめにできた仲良しグループは六人くらいだった。だけど、今は結局、カオルちゃんと二人組で仲良くしている。他の四人とは、別に仲が悪くなったわけではなく、クラスのみんなと同じくらい今でもそれなりに仲良しだ。だけどカオルちゃんは、その子たちとは何かが違う。わたしにとってカオルちゃんは、ショートケーキの苺みたいな感じだ。クリスマスツリーの飾りつけの中にある、大きな星でもいい。

自転車に乗れば家にもすぐ行けるし、お母さん同士も仲良し。カオルちゃんはもう辞めてしまったけれど、小学校に入る前からずっと通っていたピアノ教室だって、習っていた曜日も時間も一緒だった。好きな色もマンガも、好きな曲も好きなYouTubeの動画も好きな給食のメニューもぜんぶ一緒。お気に入りのお菓子とマンガを持ち寄ってどちらかの家に遊びに行けば、それだけでもうあっという間に一日は過ぎてしまう。

将来の夢を教えている友だちも、カオルちゃんだけだ。

カオルちゃんのほうがわたしより頭が良くて、わたしのほうがカオルちゃんよりちょっと体育が得意。好きなときに合体できたら無敵なのにね、と、いつもふたりで笑っている。

「よし、わたしもやるよ」

カオルちゃんが、粉受けに置かれているもう一つの黒板消しを手に取る。ふわっと白い粉が舞うけれど、そんなこともう気にしていられない。黒板消しが二つあるのは、日直が二人いるからなのに、キジマ君はいっつも日直の仕事をサボる。黒板消しとか学級日誌とか、そういう仕事は女子がするものって思っているような気がする。

「うーんっ、むりっ、届かないっ」

「ねーっ、むりだよねっ」

わたしは左のほう、カオルちゃんは右のほうで、ぴょんぴょんと飛び続ける。そのたび黒板消しが黒板に当たるので、せっかくきれいになっていた部分まで、また汚れてしまったりする。

「ねえっ、もうっ、疲れちゃったっ、ははっ」

「ダメだってっ、ふふっ、消さないとっ怒られちゃうよっ」

とん、とん、黒板をきれいにするというよりも、とん、とん、ジャンプをしながら黒板消しを黒板にぶつけている自分たちが、とん、とん、なんだかおかしくなってきてしまう。「えいっ」「よっ」「せーのっ」「全然ダメじゃあん」

そのうち、とん、とん、という振動が、心の外側にある余計なものを振り落とし始める。恥ずかしかった着地音も、カオルちゃんとふたりなら別にどうでもいいやと思えてくる。

「モリシタ先生ってさあ、字、汚いよねえ」

カオルちゃんが、ふう、と呼吸を整えつつ、まだしぶとく黒板の上に残っている数字たちを指さした。

「わかる！　わたしも思ってたあ」

「だよね！　あのへんとか、7か1かわっかんないし、これも6なのか0なのかわかんないよね」

あれも、あれも、とカオルちゃんの指さすその先には、確かに、ちょっと見分けにくい数字がいくつか書かれている。モリシタ先生は、テストの丸つけも雑だから、テスト用紙の右上、赤ペンで書かれている点数が一体何点なのか、わからないときもある。

「ノートに写しづらくて、ちょっと困るんだよねえ」

カオルちゃんはそう言うと、黒板消しを持った右手をだらんと下げてしまった。もう、黒板をきれいにすることはあきらめたらしい。

カオルちゃんはあきらめがいい。カオルちゃんを見ていると、自分ってあきらめが悪いほうの人間なのかなあって、思うことがある。三年生のときも、クラスの女子のリーダーだったなっちゃんに嫌われたとき（わたしが、なっちゃんが学校を休んだ日、ずっとなっちゃんがやっていた合唱のピアノ役の代わりをしたら、音楽の先生が、あなたのほうがじょうずだから、と、それからもずっとわたしにピアノ役をやらせるようになった）、どうにかなっちゃんともう一度仲良くしようとするわたしに向かって、カオルちゃんは言った。

もうあきらめようよ。向こうが嫌いって言ってるんだから、また仲良くしてもらおうとしたって、意味ないじゃん。それに、ピアノはやっぱりユッコのほうがうまいんだから、それをあっちが認めないんだったら、もうしょうがないよ。

あれから、なっちゃんとはあんまりしゃべれなくなってしまったけれど、わたしの隣にはいつもカオルちゃんがいてくれる。なっちゃんは、わたしのことも、カオルちゃんのことも悪口を言うようになったけれど、カオルちゃんはそんなことどうでもいいらしい。

わたしは黒板の上のほうを見る。カオルちゃんが飛ぶのをやめたので、わたしももう飛べない。

ひとりで飛ぶのは恥ずかしい。

「貸して」

そのとき、後ろから、大人みたいな声がした。

「上のほう、届くから」

振り返ると、ひとりの男の子が、わたしに向かって右手を伸ばしている。

「え……」

ワタナベ君だ、と、わたしは思った。

同じクラスのワタナベ君は、背が高くて、声が低い。少し前にあった合唱コンクールで、男子が歌うパートをどうしても発声できなくなってしまって、特別に、もっと低いパートを用意してもらっていた。五年生のクラスの中では、そういう男子が三人くらいいて、三人とも、そのことを誰かに自慢したいような、だけど誰にも知られたくないような、そんな顔をしていた。

「……いいの？」

わたしは、ワタナベ君に黒板消しを手渡す。

「うん」

ワタナベ君はこくりと頷き、黒板消しを受け取った右手をひょいと伸ばした。わたしやカオルちゃんみたいに、ジャンプすることもなく、チョークの粉で服を汚すこともなく、肩を中心にその長い腕を自由に動かしている。読みにくい7も、1も、6も、0も、新品のホウキで掃いたみたいにあっというまに黒板からいなくなってしまった。

「はい」

ワタナベ君が黒板消しを粉受けに置くと、たくさんの男子が、まるで土砂崩れでも起きたかのように、教室の中にどばあっと流れ込んできた。

「セーフ！」「まだ来てないよなモリシタっ」「よかったー」「キジマ間に合わないんじゃねー？」

「最後にボール触ったからな、あいつ」

わたしは、差し出した「ありがとう」が、男子たちの立てる音の中でもみくちゃにされ、どこかへ流れていってしまったのを確かに見た。ワタナベ君は、女子と話していたと思われたくないのか、まるで何の会話もなかったかのように、自分の席へと戻っていってしまった。

ワタナベ君の周りで、男子たちがいつもどおりわいわい騒いでいる。男子とはいえ、ほとんどの子は女子みたいに声が高い。そんなごちゃごちゃした音符の中でも、ひとりだけ楽譜の下のほうに声を落としているワタナベ君の声は、聞き取ることができる。

「よかったね、やってもらえて」

「うん、よかった」

「……ユッコ、なんか顔赤い」

「えっ⁉」

わたしは、「そんなことないよお」とカオルちゃんから目を逸らしながら、チョークの粉で汚れてしまったセーターをはたいた。粉のついた部分をてのひらでぱんぱんとしたところで、粉が取り払われたというよりも、細かい繊維の中にその一粒一粒が入り込んで、目に見えなくなっているだけのような気がした。

「背が高いっていいなあ。便利だよね、絶対」

カオルちゃんも、自分の着ている服をぱんぱんと叩いている。そのたび、またサイズが少しきつくなったらしいカーディガンが、波打つ。

「おっぱい大きいのなんて、ぜーんぜん、意味ないんだもん。こんなの、何の役にも立たないよ」

五年生になって、カオルちゃんは、ブラジャーを着けるようになった。カオルちゃんは、特別背が高いわけではないけれど、他の女の子たちに比べて、なんだか少し大人っぽい。体が全部ぺったんこのわたしの隣にいると、なおさらそう見える。ちょっと前に、初めての生理がきたって、小さな声で教えてくれた。たぶん、クラスの女子の中でも早いほうだ。

男子の変化は、背が高くなるとか、声が低くなるとか、目で見たって、言葉にしたってとってもわかりやすいのに、カオルちゃんの変化は、なんだかうまく説明できないから不思議だ。カオルちゃんが大人っぽく見えるのは、おっぱいが大きくなったからとかブラジャーを着けるようになったからとか生理がきたからとか、そういうことだけじゃないような気がする。もっと別の理由がある気がするけど、なんだかじょうずに説明できない。

「大人っぽく見えるの、うらやましいけどなあ」

わたしは、自分のおっぱいを見下ろす。自分の体のこの部分が、カオルちゃんや、大人の人たちみたいにふっくら盛り上がるなんて全く想像できない。カオルちゃんみたいに、そろそろブラジャーを着けたほうがいいかも、なんて、これまで一回も思ったことがない。うらやましいって言ってみたけれど、明日カオルちゃんみたいなおっぱいになるけどどうするって聞かれたら、わたしは断るかもしれない。

今日までなかったものが、明日あるって言われると、やっぱり少し、怖い。それが、じょうずに説明できないものだったりすると、なおさら。

「うらやましくなんてないよ。ふつうに、やだ。なんか、見られるし」

「あー……それはいやだよね」

最近、体育でカオルちゃんが縄跳びをしたり、走ったりすると、男子がこっそり動きを止めて、動いているカオルちゃんのことを見たりするようになった。でかくね？ とか、エロくね？ とか、漏れ聞こえてくるいろんな言葉は、うまく身を隠しているように見えて結局、カオルちゃんのおっぱいのあたりに集まっている。五年生になったあたりから、特にそういう感じだ。みんな、おっぱいっていう名前は知っているけれど、それが実際にはどういうものなのかがわからないし説明できないから、笑ったり、冷やかしたり、そういうふうにごまかすしかないんだと思う。わたしも、お父さんとお風呂に入っていたときは、お父さんのちんちんを見て、けらけら笑っていた。あれは、面白かったというよりも、形も、なんのためのものなのかもよくわからなかったし、実はほんのちょっとだけ怖かったから、笑っていたんだと思う。

おっぱいを揺らしながら走っているカオルちゃんのことを見たり、合唱の練習のときみんなとは違うパートを歌っているワタナベ君の声を聞くと、わたしたちの体には、自分自身ではどうしようもないことがたくさん起きるんだよなあと、つくづく思う。風邪を引いて喉が痛くなったときとか、体育のポートボールで突き指をしたときとかとはちがう、薬や包帯でどうこうしたところで治らない、どうしようもないこと。

でも、だからこそふたりは、他のクラスメイトたちとはちょっとちがうふうにも見える。おっぱいが大きいだけなのに、声が低いだけなのに、なんだか特別な感じがする。

「最近、この辺でヘンタイが出たみたいなニュースあったじゃん。なんか、男子も、ヘンタイっぽい目で見てくるときあって、ほんといや」

「えーっ、それはかわいそう、いやだねえ」

「ほんと。きもいよね、そういうの」

「きもいきもい！　男子ってそういうところきもいんだもん」

学校の近くで変質者が出ました。生徒のみなさんは絶対に一人では帰らないようにしましょう。家が近い人同士、男女一緒に、みんなで帰るようにしましょう——ちょっと前に、お母さんたち向けにそんなプリントが配られた。もちろんわたしたち向けにも説明があったけれど、わたしは、そこまで、自分自身に関係があることだと思っていなかった。

だけどカオルちゃんは、変質者が出たら、気を付けないといけない。

「とにかく、こんな意味ないもの、いらないの。ワタナベ君みたいに背が高かったら、高いところに手が届いて便利なのにな」

「そうだねー。でもさあ、テレビとかだとおっぱい大きい人って人気じゃない？　だから、」

意味ないかどうかは、まだわかんないかもね。

わたしがそう言おうとしたとき、教室の前のドアからモリシタ先生が、後ろのドアからキジマくんが入ってきた。「お前らずりーぞっ、おれにばっか片付けやらせやがって！」キジマくんの、もしかしたら女子よりもまだまだ高い声は、楽譜の上のほうに音符を落とす。黒板がきれいになっていることよりも、自分を置いていった男子たちに抗議をすることで頭がいっぱいみたいだ。

学級日誌も、ぜんぶわたしが書くことになるんだろうな、まあ、それはいつものことだからいいけど。

はいはい静かに、と、モリシタ先生が手を叩く。そのうしろにある黒板の四隅のうちのふたつ、ワタナベ君がきれいにしてくれたところを気にしているのは、きっと、この教室の中でわたしだけだ。

——２００９年９月14日

ひとりで職員室の中を歩くのは、すごく心細い。四方八方から飛んでくる何かから逃げ回るゲームの主人公になったような気持ちになる。特に怒られるようなことはしていないはずなのに、いざ先生から呼び止められたりすると、体が飛び上がるほど驚いてしまう。

「カヤマ」

だから、モリシタ先生に声をかけられたとき、わたしは「えっ」と、変な声を出してしまった。変な声が出たことが恥ずかしくて、逃げたい気持ちに拍車がかかる。

「それ終わったら、ちょっとこっち来てくれ」

わたしは、掃除当番のために借りていた音楽室の鍵を担当の先生に返却すると、おそる、おそる、といったリズムで、モリシタ先生のいるデスクまで近づいていった。今日は日直でもないし、掃除場所だって外から誰も見ることができない音楽室だ。班のみんなと掃除をサボっておしゃべりをしていたことが、モリシタ先生にバレるわけがない。怒られることなんて何もないはず。

「悪いな。これ、ヨシノの家に届けてくれないか。カヤマ、ヨシノと仲良いだろう」

「あぁ、はい」

ほっとした気持ちが、声に滲み出る。こういう用事なら、わざわざこうやって呼び止めずに話してほしい。

今日、カオルちゃんは風邪で学校を休んだ。その日配布された宿題や、通信や、翌日の時間割などが書かれたプリントをまとめて、学校を休んだ人の家までクラスの誰かが届けるというのがこの小学校の決まりになっている。家にＦＡＸがある人にはＦＡＸで送ってしまうらしいけれど、カオルちゃんの家にはＦＡＸがない。

「ヨシノと家近かったよな？　帰りにちらっと寄ってくれるだけでいいから」

「わかりました、持って行きます」

こういうとき、他の子がプリントを持って行ったりなんかすると、むかむかするくらい悔しい。こういうものはやっぱり、クラスで一番の仲良しが届けるべきだ。カオルちゃんの家とうちが近くてよかった。

よろしくな、とモリシタ先生から渡されたプリントには、明日の時間割と持ち物の他に、メッセージを自由に書けるスペースがあった。わたしは、クラスの子たちにいろいろ書いてもらおう、とわくわくしながら、そこにすでに書かれている文字を見つめた。

明日は元気に登校できますように。森下

「先生って」

カオルちゃんや、他のクラスメイトがそばにいないと思うと、いつもは話さないようなことまで話せてしまう気がするから不思議だ。自分の言葉は、誰かがいないから飛び出てきたり、誰かがいるから引っ込んだり、そういう運動をするらしい。

「いっつも、字、よれよれってなってますよね」

明日は元気に登校できますように。ただそれだけの文章なのに、モリシタ先生の字はところどころ、読みづらい。できますように、のところなんて、形が単純な文字だからこそ、ヒントが少なくなって、より読みづらくなっている。

「バレてたか」

この距離でじっと見ると、モリシタ先生の頭には、すこし、白髪が混ざっている。

この距離まで近づいてみないと、この距離まで近づくような用事がないと、白髪が生え始めていることなんて、わからなかった。

「昔、ちょっとスポーツで怪我してね」

「スポーツ？」

「ホッケーをやってたんだ。あれは想像以上に激しいスポーツなんだよ。そのときに手をケガして、その後遺症で」

モリシタ先生が、右手でボールペンを握ってみせる。ようく見ると、ペンの先っぽが、ぷるぷると震えていた。教室の椅子に座って、教壇でチョークを握っている先生を見ているだけでは、気づかないくらいの震えだ。

「……大変ですね」

「だから、字もちょっと震えちゃうんだよな」

「そうなんですね」

それ以外、特に話すこともなかったので、わたしはモリシタ先生のデスクから離れようとした。だけど、後ろから聞こえてきた低い声が、わたしのことをその場に引き止めてしまった。

「先生、ホッケーやってたの？」

ワタナベ君だった。

黒板のときと同じだ、と、わたしは思う。ワタナベ君の声は、いつも、後ろから聞こえてくる気がする。

「そうだよ。もう全然そんな風には見えないだろうけどね」

「すげえ。かっこいい」

ワタナベ君は、その手に、学級日誌を持っている。そっか、今日はワタナベ君が日直の日だ。男子なのに、日誌を書くんだ――わたしはそう思ったけれど、なんとなく、口には出さなかった。

「ワタナベはホッケーに興味があるのか」

「うん。だってかっこいいじゃん」

いつもは他の男子に比べてずっと大人っぽく見えていたワタナベ君が、モリシタ先生を前にすると、他の男子と同じくらい子どもっぽく見える。男同士、だからだろうか。いま、ワタナベくんの言葉も、いつもとはちがう運動をしていて、いろんなところを出たり入ったりしているのかもしれない。

「一回、試合を観たことがあって、めちゃくちゃ迫力があってかっこよくって」

「そうか。だけどこの辺りの中学にはホッケー部がないからな。大学まで好きなままだったら、始めてみるといいぞ。大体みんな大学から始めるから、差もそんなにつかない」

って先の話すぎるか、と、モリシタ先生がワタナベ君から学級日誌を受け取る。ぺらぺらとめくられる日誌の中で、自分が書いた日のページを、わたしは見つけた。

「あ、そういえば、カヤマ」

ぱたん、と日誌を閉じたモリシタ先生が、わたしのことを見た。

「いつもヨシノとふたりで帰ってたよな？　てことは今日、ひとりでヨシノの家にプリント持っていくことになるのか？」

「あー、そう、かもしれないです」

頭の中にはいろんな女の子たちの顔が浮かぶけれど、放課後の掃除が終わり、職員室にこんなにも長い時間残っているので、もしかしたら、みんなもう帰ってしまっているかもしれない。

「じゃあ、ワタナベ、カヤマと一緒にヨシノの家にそれ届けてくれるか」

モリシタ先生は、わたしの持っているプリント類を、顎でくいと指した。

「最近、変質者が出たってニュースもあったからな。ワタナベの家って三丁目のほうだろ？　方向的にもそこまで遠くないし」

「いいです、いいです」

わたしは、顔の前で、てのひらをぶんぶんと振る。顔も同時に左右に振っているので、わたしの視界はもう何が何だかわからなくなっている。

「いや、ちょっと今カヤマをひとりで帰らせるのは危ないから。これも日直の仕事の一部ってことで。お願いできるか？」

「はあ」

ワタナベ君の低い声が、すぐ後ろから降ってくる。「だったら日直の女子のほうに頼むんで、ほんとに大丈夫ですっ」わたしは慌ててそう付け加えるけれど、よし決まりだ、と微笑むモリシタ先生には、もう何も聞こえていないようだった。

「じゃあ頼むぞワタナベ」

モリシタ先生はそう言うと、赤ペンのキャップをすぽんと取った。かすかに震える手の中で、そのキャップは、やっぱりかすかに震えている。


風が吹いているのに、全然気持ちよくない。

「台風、きてるらしいね」

「ふうん」

ワタナベ君は一歩が大きいので、わたしはいつもより、せっせと忙しく足を動かさなければならない。明日の朝にかけて台風が近づいているという天気予報は、朝のニュースでも見た。それに、今日の夜には八十パーセントとか九十パーセントとか、それくらいの確率で雨が降るかもしれないって、お母さんが言ってたような気がする。確かに、空は曇っているし、風はなんだかなまぬるい。台風、という大きなドームの中に町がまるごと包まれてしまって、その中で同じ風がぐるぐるとまわっているような感じだ。風も空気もなんか気持ち悪いのは、全部が使い回しだからだ、とわたしは思った。

職員室から教室に戻ると、もう誰も教室に残っていなかった。雨が降り出すかもしれないからって、みんな、いつもよりも急いで帰ってしまったらしい。

「わざわざついてきてもらって、ごめん」

前を向いたままわたしがそう言うと、隣を歩くワタナベ君も、前を向いたまま「別に、いいよ」と言った。

空に斑《まだら》がある。わたしたちにはどうしようもできないくらい、巨大で、力の強い何かが、空をかき混ぜているのがわかる。

「ワタナベ君ち、たぶん、そんなに近くないよね、カオルちゃんちから」

「うん。でも、いいよ」

わたしも、ワタナベ君も、すぐ隣にいるお互いのことを、見ないで歩いている。二人とも、自分の目の前にぽとんと言葉を落として、そのかけらをていねいに踏みつけながら、前に進んでいる。落とした言葉が、相手に気づかれなかったらそれでいい。きっと、お互いにそう思っている。だから、突然、わたしの進路に言葉を落とされるようなことをされると、とてもびっくりしてしまう。

「学級日誌、いつもカヤマさんが書いてるよね」

「えっ？」

わたしは、一瞬、ワタナベ君のことを見る。だけどすぐに、目を逸らした。

「いや、いっつも、キジマじゃなくてカヤマさんが書いてるなって」

「あ、うん、そうかも。キジマ君、日誌とか書いてくれないから」

書いてくれないから、という言葉が、思ったよりもキジマ君を責めているように聞こえてしまって、わたしは焦った。でも、書いてくれないのも、書いてくれないことをちょっと責めてみたい気持ちがあるのもほんとうだから、そう聞こえてもいいかもしれない。

「ワタナベ君は、日誌書くんだね」

カオルちゃんと歩いているときは、おつりが落ちてくるところに一応手を突っ込んでみる自動販売機を、そのまま通り過ぎる。

「男子で書く人って、珍しくない？」

日直は、男女がペアになっている。そうなると、学級日誌のほとんどのページが、女子の丸っこい文字で埋め尽くされることになる。

「そうかな?」

歩幅はワタナベ君のほうが大きいけれど、わたしのほうが少し、ワタナベ君より前を歩かなければならない。カオルちゃんの家の場所を知っているのは、わたしだけだ。

「みんなの字、見るの好きなんだ」

カーブミラーがある角を右に曲がったとき、ワタナベ君の低い声が、斜め後ろから聞こえてきた。ここを左に曲がってまっすぐ行くと、わたしの家がある。

「字?」

角を曲がると、またすぐ、ワタナベ君が隣に追いついてきた。男子の歩幅はやっぱり大きい。

住宅街に入ると、急に道が細くなった。すると、世界の面積に対して、わたしたちふたりの存在が、すごく大きくなったように感じられた。

緊張する。だけど、緊張しているなんて、絶対バレたくない。

「字って、みんなの性格が出てる感じがして、よく見るとおもしろいんだよ」

「ふーん」

「同じ女子でも、すごく丸文字な人もいれば、とんがっている文字の人もいて」

「うん」

「その人のイメージに合ってたりもするし、全然イメージと違う人もいるし。男子は全員汚いからあんま変わらないんだけど」

「そうだね」

自転車に乗った知らない人が、わたしたちを追い抜いていく。みんな、雨が降りださないうちに、おうちに帰りたがっている。

「カヤマさんは、もっと丸っこい、女子っぽい字かと思ってたけど、意外と違った」

丸っこい、女子っぽい字。ちょっと前まで、わたしも必死に、そんなふうに文字を書けるように練習していた。

「……前は、なっちゃんのマネしてたからそんな感じだったんだけど、やめたの」

なっちゃんが誰なのか、ワタナベ君がわかったかどうかは、わからない。なんでマネすることをやめたのか、ワタナベ君は絶対にわからなかったと思うけど、特に何も聞いてこなかった。

その代わり、少しだけ無言で歩いたあと、言った。

「いまの字のほうがいいと思うよ」

ワタナベ君の声が、風に混ざる。

「うん」

相槌を打ちながらぼんやりと思い出されたのは、なぜか、かすかに震えているモリシタ先生の右手だった。

明日は元気に登校できますように。森下
今からカオルちゃんに渡すプリントに書かれていた、あの手書きの文字。いつもどおりよれよれで、不思議な形をしていたから、わたしは、モリシタ先生に話しかけた。なっちゃんの丸っこい、女子っぽい文字。わたしの、あんまりくせのない文字。みんなの文字の形が違うから、そのおかげでこうして、ワタナベ君と話すことが、いろいろ湧いてくる。

「ワタナベ君は、珍しいものが好きなんだね」

なんて言えばいいのかわからなくて、わたしは、珍しいもの、という言葉を選んだ。

「珍しいもの？」

「さっきだって、ホッケーが好きって言ってたし。男子ってふつう、野球とかサッカーとかドッジボールが好きじゃん？」

「ああ」

でこぼこが生まれかけている細い喉を、ワタナベ君だけが持っている低い声の響きが、通っていく。

「カナダに行ったとき、一度、アイスホッケーの試合を観に行ったことがあって」

「カナダ」

思わず繰り返してみたけれど、わたしとその言葉の距離は、あまりにも遠い。

「に、行ったことあるんだ？」

「一回だけだけど」

「すごいね」

「カナダはアイスホッケーがすごく人気なんだよ。日本でいう野球とかサッカーって感じ。テレビでもやってるし、みんなスタジアムに観に行く」

わたしは、一瞬、歩いてきた道を振り返った。

モリシタ先生は手書きの文字の形がほかの人とは少し違っていた。それは、けがの後遺症で手が小刻みに震えてしまうからだった。どうしてけがをしたかというと、学生時代にホッケーをやっていたからだった。そんな話をしていると、ホッケーが好きだというワタナベ君が会話に入ってきた。ワタナベ君は、カナダに行ったときにアイスホッケーの試合を観て、ホッケーを好きになった。

わたしはまた、前を向く。

「カヤマさんは、何が好き?」

わたしが好きなもの。それは、まだ、カオルちゃんにしか言っていない。

だけど、ワタナベ君には、教えてしまおうか――一瞬、なぜだかわからないけれど、そう思った。

「あ」

わたしは、目の前の家を指さす。

「カオルちゃんち、着いたよ」

そのまま、ひとさし指で呼び鈴を押した。

目の前には、吉野、と書かれた表札がある。

表札の文字は、とてもきれいだ。きれいだけど、筆で書かれているようなその文字は、手書きなのか、コンピュータに登録されているものなのか、よくわからない。ふと隣の家の表札を見ると、全く同じ字体で、田村、と書かれている。

同じ形だ、と、わたしは思った。もしかしたら、ワタナベ君もそう思ったかもしれない。

だけど、同じ形だと、特に、その字について話したいことは生まれなかった。

強い、だけどなまぬるい風が吹く。わたしたちにはどうしようもない大きな力の塊が、空の中をぐるぐるまわっている。


「もう、ほとんど元気なの。ほら、こんなくらいっ」

プリントを受け取ったカオルちゃんは、そう言いながら玄関でぴょんぴょんと飛び跳ねてみせた。カオルちゃんのママが少し厳しい顔になる。「休んでたんだから、おとなしくしていなさい」

ほんとうにもう元気なら飛び跳ねてもいいような気がするけれど、行かなければいけない学校を休んでいたのだから、今日一日は【学校を休んでいた人】という状態でいなければならないというカオルちゃんのママの気持ちは、わたしにもわかるような気がした。

「そうだ、ユッコに見せたいものあるんだよね、ちょっとお部屋来ない?」

「カオル、風邪うつしちゃうかもしれないでしょう」

パジャマ姿のカオルちゃんに向かって、ママがもう一度、厳しい顔をする。

「大丈夫だよ、さっき、お熱ももう下がってたじゃん」

カオルちゃんは、学校にいるときよりも、話し方が少し幼い。ゆったりしたサイズのパジャマ姿だと、おっぱいの大きさもそこまでわからないので、なんだかいつものカオルちゃんじゃないみたいだ。

「ね、ママ、さっき届いたやつ、ユッコに見せてもいいでしょ?」

「もう、しょうがないわねえ」

ちょっとだけよ、と、カオルちゃんのママが表情を和らげる。「やったあ、ほら、ユッコこっち」カオルちゃんはスーパーボールみたいに飛び跳ねながら、家の中へと戻っていく。

「あ……」

「おれは帰るから、大丈夫」

わたしが振り返るより早く、ワタナベ君はくるりとこちらに背を向けた。ランドセルについている給食袋がぐるんとまわって、ワタナベ君の腕の辺りにこつんと当たる。

「ありがとう、一緒に来てくれて」

「うん」

ワタナベ君は一瞬こちらを見ると、来た道をまっすぐ、歩いていった。わたしはその後ろ姿を見ながら、学校からここまでワタナベ君と二人で歩いてきたという時間や空間も一緒に、わたしから遠ざかってしまうような気がした。

「ユッコ二階、お部屋に来てー」

お邪魔します、と靴を脱ぐと、汗で少し湿っていた靴下の先に、世界がさあっと息を吹きかけた。「ほんとにごめんね、あの子浮かれちゃって」カオルちゃんのママが、オレンジジュースの載ったお盆を持って、わたしの後ろを追いかけてくる。

「見て見て、これ、今日届いたの！」

部屋に入った途端、カオルちゃんは、両方のてのひらで大切そうに抱えた何かを、わたしのほうに向かってぐいっと突き出してきた。

「なに、これ？」

カオルちゃんの顔よりも、少し大きい長方形の何か。ディスプレイが光を放っており、その中にはいろんな数字が映し出されている。

「えっとね、た、たんぶ？　なんていうんだっけ、とにかくこれでお勉強ができるんだよ」

「えー、これで？　ゲームみたいだけど」

わたしも、その画面を覗き込む。小さなテレビみたいなそれが映し出しているのは、いろんな算数の問題だった。

「タブレット通信教材、ね」

お盆を床に置いたカオルちゃんのママが、グラスにオレンジジュースを注いでくれる。

「カオルが算数だけでもやらせてくれってうるさくて。ユキコちゃんちも、何か通信教材ってやってたりする？」

カオルちゃんは、算数が好きだ。親戚のオジサンが学校の先生をしているらしく、小さなころからそのオジサンが、数字のパズルやゲームで遊んでくれたらしい。だから、勉強好き、というよりも、算数が特別に好きみたいだ。答えがひとつではっきりしてて気持ちいい、国語とかは答えがぼんやりしてきらい、と、カオルちゃんは学校でもよくそう言っている。一緒にピアノ教室に通っていたときも、カオルちゃんは「ピアノは、ぴしっとした答えがないから、なんか気持ち悪い。うまく弾ける日もそうじゃない日もあるし、上手になってるのかもよくわかんないから、やだ」と、早々にその教室をやめてしまった。

わたしは、ピアノのそういうところがおもしろいと思っていたから、少しびっくりした。同じ楽譜でも、弾く人によってメロディの聴こえ方が変わったり、同じように弾いても、聴く人や、その日の体調によって、うまい、へたの評価が変わったりするところこそが、ピアノのおもしろさだと思っていた。

「うちはとくに、通信教材とかはやってないです」

「ほら、このボタン押すと、パッて次の画面に替わるの！」

ほら、ほら、と、カオルちゃんは次々にタブレットの画面を操作してみせる。「間違えてもすぐにやり直せるし、ほんと便利なんだよこれ」カオルちゃんはもう、自分が風邪だったことなんてすっかり忘れてしまっているみたいだ。

「ほんとだ、すごいね」

「でしょでしょ」

楽しいでしょ、と笑うと、カオルちゃんは言った。

「学校の黒板もさ、こんなふうにボタンでいっぺんに消せたらラクなのにね」

はーあ、と、カオルちゃんが大きくため息をつく。

「そしたら、前みたいに、二人でぴょんぴょんしなくても済むじゃん」

からん、と、二つ並んだグラスの片方から、重なっていた氷が崩れる音がした。オレンジ色の水面が少し、揺れる。

「確かに、ラクだね」

ラクだね。

だけど、それだと、ワタナベ君に話しかけてもらえなかったね。

わたしは、頭に浮かんだ言葉をなんとなく口に出すことはせず、オレンジジュースの入ったグラスを握った。外側にしがみついていた水滴が、細胞と細胞の間にまで染み込んでくる。右のてのひらがピリッと冷えた。

「それにね、これなら、7と1も、6と0も絶対見間違えないんだよ」

カオルちゃんは、わたしとワタナベ君が持ってきたプリントを床に置きっぱなしにしたまま、タブレットを操作しつづけている。わたしは、カオルちゃんが見ようともしないプリントの中のモリシタ先生の文字と、目が合ったような気がした。

ひとりでかすかに震えている、モリシタ先生の文字。

「そうだね、それだと見間違えないね」

カオルちゃんは、モリシタ先生の字がどうしてよれよれになっちゃうか、知ってる？

わたしは、ストローを咥《くわ》えた口に、ぐっと力を入れる。想像していたよりもずっとずっと甘い液体が、体の中にじゅるりと流れ込んでくる。

モリシタ先生がどんなスポーツをしていて、けがをしちゃって、そのスポーツをワタナベ君が好きで、ワタナベ君はカナダに行ったことがあって、そういうことが、モリシタ先生だけが書く、よれよれの字からつながってわかっていったってこと、知ってる？

「ていうかね、これがあれば、家で学校みたいなことができちゃうの。先生も自分だけに教えてくれるし、それって学校よりもコーリツがいいんだって」

じゅるじゅる、と音がして、わたしの持っているグラスの中から、わたしの胃の中へと、オレンジジュースが移動していく。

「体育の持久走とかってほんっと意味ないしさあ、授業も全部これでやってくれればいいのにー。そしたら学校行かなくてもいいんだよ。うるさい男子も、なっちゃんみたいないやーな女子もいないし、毎日通学路歩かなくったっていいし。それってすごくない？　ていうか」

カオルちゃんはいつもみたいに笑いながら、わたしのことを見た。

「こんな風にわざわざプリントで持ってきてもらわなくてもよくなるんだよ。そっちのほうがめんどくさくなくない？」

休みの日に家まで持っていくプリント。

クラスで一番の仲良しの証《あかし》。

「……わたしは、めんどくさくないかも」

そのとき、窓の外の空の、どこか遠くの方が光った。

「雨だ」

カオルちゃんが、機嫌をうかがうように窓の外を覗く。

「ユッコは、家帰ったらピアノの練習？」

「うん」

「ほんとにピアノ好きだよねえ」

「うん」

わたしはうなずきながら、カオルちゃんが大切そうに抱えているタブレットの影を受け止めている、プリントを見つめる。

「ユキコちゃーん、傘持ってきてる？　なかったらうちの持って行ってねー」

雨粒が窓にぶつかっては、ぱち、ぱち、と破裂している。一階から聞こえてきたカオルちゃんのママの呼びかけに、わたしは「はーい」と答えた。カオルちゃんと競うようにして階段を下りながら、わたしは、ワタナベ君は傘を持っていただろうか、と、頭のわりと真ん中のほうで思った。

――２００９年９月23日

蟬が鳴いている。

「県内で音楽科がある高校となると、この二校になります」

クラス担任の大林先生が、ハンドタオルで汗を拭きながら、進路志望調査票のある部分を指さした。大林先生は、夏でも冬でも、クーラーの効いている場所にいてもいなくても、ハンドタオルを常備している。教科は体育を担当しているから、服装は決まってジャージ。ハンドタオルとジャージと頰にある大きなホクロが揃うと、大林先生ができあがる。

「二校、ですか……やっぱり少ないですねえ」

お母さんののんびりとした声は、あっという間に、蟬に負ける。

「昨年まで音楽科の生徒を募集していた高校はもう一校あったんですが、人数が集まらなくて募集を停止してしまったんですよ。なので、県内だとやはりこちらの二校のみになります」

第一志望、第二志望には、音楽科と普通科、どちらも擁する高校名が、第三志望には普通科しかない高校名が書かれている。三つとももう見慣れた名前だが、一年後の自分が、本当にこのうちのどれかの高校の校舎にいるという想像は、全然できない。

「音楽科のある高校は、どちらも、一般学科、専門科目、実技で受験することになります。一般学科は国語、数学、英語だけなので他の高校に比べると楽ですが、専門科目と実技はもちろんそれ用の対策をしていかなければなりません」

「はい」

一応返事をしているけれど、お母さんはきっと、大林先生の話をあまりよく理解していないと思う。私は、窓ガラスを貫く光線のような蟬の鳴き声を耳の穴一点で受け止めながら、第三志望に書かれている高校名を見つめた。この中学で中くらいの成績の子が多く行く高校。制服があまりかわいくなくて、そのくせ校則はわりときつい。

「香山さんの場合、一般学科の学力はこのままキープしてもらえれば十分かと思います。専門分野に関しては、ちょっと私は専門外なのでなんともいえないのですが……」

大林先生が、また汗を拭く。髪の毛が薄くなりはじめていて、お腹がぽっこりでているから、大林先生はみんなからおっちゃんって呼ばれている。本人は「お」おばやしだから「お」っちゃんと呼ばれ始めたと主張しているけれど、たぶんどんな名字だったとしても「おっちゃん」と呼ばれているはずだ。

「音楽担任の者と話したところ、この二校であれば、いま通われているピアノ教室と、音楽担任による補講に真面目に取り組んでいただければ大丈夫だろうということでした。香山さんの評定ならば推薦も問題なくとれると思いますので」

「はい」

お母さんの声が、ほんの少しだけ、大きくなる。推薦、という言葉に安心したのが丸わかりだ。

「おそらくまだイメージも湧きかねていると思いますので、この夏休みのあいだに一度、体験入学に行かれることをおすすめします。音楽科は普通科と違って、丸一日使った体験入学があるんですよ。希望すれば、そこで実際に実技レッスンも受けられるようです。それぞれの日程は、こちらのパンフレットにも書いてあるとおり――」

高校は、音楽科に行きたい。ずっと胸に秘めていた思いは、学校の先生よりも、お母さんよりも、子どものころからずっと通い続けているピアノの先生よりも先に、薫ちゃんに伝えた。あれは、中学二年の三学期、薫ちゃんが通信教育の全国模試の数学で、トップの成績をとった日だった。

大林先生の声が、耳の上を素通りしていく。教室はクーラーが効いているので、グラウンドに立ち上る陽炎を捉える両目や、蟬の声に覆われる両耳だけが、まるで飛び地のように真夏の中にある。

薫ちゃんは、中学校に入って勉強が難しくなり、クラスの中でも成績の差が出てくるようになってから、自分がすごく数字に強いということをはっきりと自覚しはじめた。国語や英語の成績は私や友達と同じくらいなのに、いわゆる理数系、中でもやっぱり数学の成績がとってもよかった。本人は、「なんか謎解きみたいで楽しいんだよね」と言っているけれど、私には到底その感覚はわからない。

数学で全国一位をとった日、薫ちゃんは「聞いて聞いて！」と朝から大はしゃぎだった。すごいねっ、と私が褒めると、打てば響く太鼓のように「でしょでしょ」と喜び、その日、私に貸してくれるはずだったＤＶＤを学校に持ってくることを忘れたこと自体を忘れていた。だから、帰り道、少し遠回りをして薫ちゃんの家に寄った。中学校に入り、私は吹奏楽部、薫ちゃんは帰宅部だったので、一緒に帰る機会はこれまでに比べてぐっと減っていた。

だけど、仲は良かった。私と薫ちゃんの仲は、一緒に過ごす時間の増減になんて影響されなかった。

久しぶりに入る薫ちゃんの部屋は、昔と変わらず、きれいに片付いていた。ごめんごめん、と手渡されたＤＶＤのジャケット写真の中では、私と薫ちゃんが応援しているバンド『Over』のメンバーが、ドームを埋める観客に向かって両手を挙げていた。

大好きな数学で、念願の全国一位をとった薫ちゃん。大好きな音楽を仕事にして、ドームを満員にしている、大人気バンドのメンバーたち。

自分にしかできない何かを、摑んでいる人たち。

私は、自分の両目に映るものをしっかりと見つめながら、薫ちゃんに向かってこう言っていた。

――音楽科に行きたいんだよね、高校。

「ちょっと寒いくらいだったね」

教室を出ると、お母さんは、手首までぴっちり伸ばしていたカーディガンの袖を捲った。

「おっちゃんが暑がりだから」

「おっちゃん?」

眉をひそめるお母さんに、先生のこと、と告げる。

「先生のことそんなふうに呼ばないの」

「はいはい」

私は、いつもより長くしていたスカートを、腰の部分で一度、折る。すると不思議と、太もものあたりがすっと軽くなったように感じられる。この学校のことならば、お母さんよりも、私のほうがよく知っている。この世界で、中学三年生の私がそんな気分になれるのは、この白くて硬い校舎の中くらいかもしれない。

「教室にクーラーなんて昔はなかったのに」

「マジ快適だよー。ほんっとありがたいもん」

「そりゃそうだろうね」

お母さんは、廊下に貼ってあるポスターや、掲示板に貼ってあるお知らせに、いちいち視線を飛ばしている。

「これ、文化祭の開会式の写真？　今どきのはなんかすごいねえ」

掲示板には、昨年の九月に行われた文化祭の、大きく引き伸ばされた写真が堂々と貼られている。『キミの力が欲しい！』という文字がうるさいこの紙は、文化祭実行委員を募集するポスターだ。去年の文化祭の開会式の素晴らしさは、もろもろの準備が始まるこの季節、やはりいたるところで話題にのぼっている。

「それ、薫ちゃんがやったんだよ、演出」

「えっそうなの？」

薫ちゃんてあんたと仲いいあの子？　と、お母さんがポスターを指さす。

「へえー。こんな演出にクーラーに……昔と全然違うね、やっぱり」

お母さんの履いているスリッパの底が、ぱた、ぱた、と、いかにもよそから来た人の足音を響かせる。

「みんなで暑い暑いって文句言ってるのも、お母さんのころは、楽しかったけどねえ」

こういう言葉を聞くと、お母さんとかお父さんとか、そういう世代の人はやっぱり自分たちとは違うんだな、と感じる。

吹奏楽部の顧問の先生も、よくそういうことを言っていて、そのたびに何だかイライラしてしまう。昔は汗だらだら流して練習してたもんやけどなあ、なんて言われたところで、はいそうですか、としか思わない。だって、汗をだらだらかいて練習したほうがいい演奏ができるのかって考えたら、絶対にそうじゃないから。それが夏の風物詩ってやつやったけどなあ、なんて懐かしがられても、みんなきれいに無視する。渡邊《わたなべ》君曰く、運動部でもそういうことはよく起きるらしい。昔は練習中に水なんて飲んだらダメだった、上下関係はもっと厳しかった——こまめに水分補給をしたほうが確実に効率のいい練習ができるし、ただ厳しいだけの上下関係はチームプレイに支障をきたすだけだ。

「タオル濡らして首に巻いたりとか、雪子たちはもうしないの？」

「しないよーそんなの。首にタオル巻くとかやばい、祭？」

「教室にクーラーなんて考えられなかったなあ」

大人と話していると、昔はこうだった、と言われているだけでも、まるで、「今が間違っている」「昔のほうが正しかった」と主張されているように感じてしまう。みんな、いろんなことが不便だった自分たちのほうが偉いと思いたいんだろう。

校舎の四階、廊下から見下ろせるグラウンドには、野球部やサッカー部の姿がぽつぽつ見える。それぞれ、着替えたりストレッチをしたりと、まるっと与えられた膨大な時間を贅沢に消費している。

夏休み前、三者面談がある三日間は、午後の授業はお休みだ。一年生、二年生は基本的に、午後の時間をまるまる部活動に注ぐ。三年生は、夏の大会を控えている野球部や、試合を勝ち進んでいる強豪の運動部以外の生徒はもう部を引退しているため、自習室や塾で受験勉強に励む。

三年二組の前を、お母さんと二人で通り過ぎる。

教室の前に置かれた椅子に、面談が次なのだろう、なっちゃんとそのお母さんが座っている。

「夏休み、体験入学行ってみないとね」

なっちゃんに何か声をかけようとしたそのとき、お母さんが言った。「え？　あ、そうだね」

大林先生からもらった高校のパンフレットが、お母さんのカバンからひょっこり顔を出している。

なっちゃんの太ももの上には、カバンが置かれていた。色とりどりのペンで落書きがされているカバン。

赤いお守りの着いたカバン。

「あんた今日このまま家帰るの？」

沈みかけていた思考を、お母さんの声が引き上げてくれる。

「車で来てるよね？　乗って帰っちゃおうかなー……あ、そうだ」

私は使い古したスクールバッグから携帯を取り出した。確か、今日からチケットの引き換えが始まっているはずだ。

「お母さん、帰りにコンビニ寄ってくんない？　そのあと、薫ちゃんちで降ろしてもらえたら最高～」

はいはい、と言うお母さんのスリッパの底は、初めて触る粘土の形をていねいに整える幼稚園児のてのひらのように、夏の校舎の上をおそるおそる動いている。角を曲がる前に少しだけ振り返ってみたけれど、なっちゃんはもう教室に入ってしまったのか、廊下には誰もいなかった。

誰も座っていない椅子に、赤いお守りの残像だけが見えたような気がしたけど、そんなわけはなかった。

「じゃーんっ！」

「あ！」

白い封筒からチケットを取り出すと、薫ちゃんがわかりやすく顔を輝かせた。

「そっか、今日からもう引き換えできるんだ！」

いくらだった、と、薫ちゃんは財布の中をのぞき込む。二人とも、この日のために、ずっと前からお小遣いを貯めていた。中学三年生にとって、ライブのチケットはものすごく高い買い物だ。

「やばーいこれでまたいろいろガマンしなきゃだよー」

「ねー！　マジお金ないー！」

やばい、お金がないと自分の身に降りかかるピンチを晒せば晒すほど、レモンを齧ったときに出る唾液のように、顔面からニヤニヤが滲み出てしまう。今後節約しなければならないいろんなものを思い浮かべるたび、そのぺらぺらの紙の感覚的な価値が上がる。

「でもこれがあると思えば夏休みも受験ベンキョーがんばれそー」

私が勝手に冷房の設定温度を下げていると、「はい」と、薫ちゃんはおつりが出ないようぴったり、チケットの代金を渡してきた。

私と薫ちゃんがずっと応援している『Over』は、男女六人組のバンドだ。ただ、このグループは、これまでのバンドのようにCDやライブで曲を披露しているだけではない。とにかく、ライブパフォーマンス、特にその演出が斬新なのだ。人気が拡大してからは基本的にアリーナやドームクラスでしかライブを行わなくなってしまったけれど、それはキャパシティの問題というよりも、狭い会場だと実現できる演出の手法が限られてしまうから、ということらしい。実際、音、光、映像、様々なテクノロジーを駆使して創り上げられるステージは唯一無二との呼び声が高く、世界的にも注目を集めている。最近は、世界の広告祭や映像コンテストにもそのMVが多く出品されていると、ネットニュースにも書いてあった。

「ほんとチケット取れてラッキーだったよね」

「ファンクラブさまさまですよお」

『Over』は、音楽そのものに関しても、これまでのバンドとは一線を画している。もちろんギターやピアノといった楽器が使われることもあるけれど、電子音のようなものが組み合わさっている曲も多く、デビューしたてのころは、いわゆる音楽ファンからの拒否反応がすさまじかった。

メンバーがインタビューで、「今はもうパソコンがあれば曲は作れますし、ライブもできます。昔のやり方にしがみついていたって、先へ進むことはできないと思う」と発言したことも話題になり、昔ながらの音楽ファンから批判を浴びることもしばしばだ。

「しかも千秋楽のチケット取れるとかほんっと最高」

「確かにー！　マジでついてるよね！」

このときばかりは薫ちゃんも、勉強道具を投げ出して、手に入れたチケットを眺めている。薫ちゃんがこんなふうに、何かを心待ちにしているなんてすごく珍しいから、私までもっともっと嬉しくなってしまう。

夏休み最後の週末、八月三十一日、九月一日にさいたまスーパーアリーナで行われるライブ。『Over』が半年間かけて全国をまわってきたツアーの、最終公演だ。

「今回のOver××、なんだろうね～」

「超楽しみだよね！　今回こそ当てるっ」

『Over』のツアーはいつも、メインタイトルが『Over××』という形式になっている。××の部分はツアーごとに異なるのだが、つまりは毎回、「これまで当然とされていた何か＝××を超える」ということを目標にしているらしい。たとえば『Over Border』と題されたツアーでは、国を超えてのパブリックビューイングが行われたし、『Over Music』と題されたツアーでは、歌詞に合わせて観客の持つライトの色が変わる、という、聴覚だけでなく視覚的にも歌詞世界が楽しめる演出が採用された。さらに、『Over ××』の××に当たる部分はツアーの最終公演で発表されるため、パフォーマンスを鑑賞しながら××に当たる部分が何なのか推理するのも、ファンの間ではひとつの楽しみになっている。

「ねーこれ見て見て」

私は、薫ちゃんに携帯の画面を差し出す。

「今回のグッズ、マジやばくない？　超ほしいんですけど」

薫ちゃんは、ふーん、と返事をするだけで、画面を覗き込もうともしない。それよりも、「また観たくなっちゃった」と、部屋にあるパソコンに、もう何度も観たであろうライブＤＶＤを差し込んでいる。

薫ちゃんは、『Over』のライブをきちんとした画質で観たがる。めんどくさいからYouTubeでいいじゃん、といくら私が言っても聞かない。現実の一歩先のような演出をどう実行しているのか、その仕組みが気になるらしい。薫ちゃんが好きなのはその一点で、私みたいに、メンバーの光流《ひかる》ちゃんが好きだとか、あのライブグッズがどうしても欲しいとか、そういう気持ちは持ち合わせていないみたいだ。

「そのライブ、光流ちゃんの衣装がすごくかわいいんだよね、七曲目観て七曲目」

薫ちゃんは私を無視して、自分が聴きたい曲まで映像を飛ばしてしまう。「これ、どうやってるのかなぁ」メンバーが着ている白い衣装にプロジェクションマッピングで映像が映し出されているようすを観ながら、薫ちゃんは首をかしげている。

「今回のツアーはどんな演出があるんだろ」

私は、メンバー六人の中でも、ピアノを担当している光流ちゃんが一番好きだ。女性の割に背が高くて、黒髪のショートカットが良く似合っていてかっこいい。光流ちゃんの作る曲が好きだし、光流ちゃんの弾くピアノの音色が好きだ。

光流ちゃんのピアノは、光流ちゃんにしか弾けないと思う。音符一つ一つを、楽譜からそのまま掬《すく》い取るみたいにして鍵盤に触れるから、私たちの耳に届くそのときまで、音符がぴちぴちと生きている気がする。だから、光流ちゃんのように弾こうと真似をしたところで、誰も、同じようには弾けない。それは、光流ちゃんの作る曲にもいえる。あんな、一音ごとに心の形を変えられるような曲を作れる人を、私は光流ちゃん以外に知らない。

私には、私にしか弾けない、私にしか作れない曲が必ずあります。その一曲をずっと探し求めている気持ちです——私はピアノに向かうといつも、光流ちゃんがインタビューで言っていたことを思い出す。光流ちゃんの言葉は、私の心にバネをつけてくれる。

音楽科への進学を決めた理由は、もちろん、光流ちゃんへの憧れだけではない。だけど、いつか光流ちゃんみたいに、自分だけの、唯一無二の音楽を奏でてみたいと思っていることは確かだ。こんな大それた夢は恥ずかしくて、薫ちゃんにしか話していない。

「ねえねえ、グッズって、どれくらい早く行けば買えるのかな」

私はそう言うと、薫ちゃんのベッドに倒れ込んだ。あらゆる感覚のすべてを丸く磨き落としてくれそうな心地よさに、全身が包まれる。

グッズ、か。

私は、自分の言葉によって一瞬思い出してしまったものを、頭の中からもみ消した。

「それって、並んで買うってこと？」

薫ちゃんは、同じところをスロー再生で何度も観たり、ある場面で一時停止を繰り返したりと、とにかく演出の構造を解き明かすことに必死だ。

「やっぱ超早く行かないとすぐ売り切れちゃうよね」

「グッズなんてあとからネットで買えるじゃん。わざわざあっつい中長時間並ぶのなんてバカらしいって」

「そうかもしんないけどさぁ」

私はベッドの上で、全身を伸ばす。体中のあらゆる部位が、あるべき場所に戻っていく感覚が気持ちいい。

「ネットでちゃちゃっと買うよりも、現場で並んで手に入れたもののほうがやっぱり嬉しかったりするじゃん？」

「そう？」

「そうだよ！」

私は腹筋を使って跳ね起きる。

「並んでるうちにさ、他にもいろいろ欲しくなってきちゃってさ、あーあれも欲しいなこれも欲しいなって財布とにらめっこって感じでさ、そんな時間超幸せじゃん」

それが楽しいんじゃあん、と、私は両脚でぎゅーっと布団を挟み込む。多分パンツも丸見えだろうけど、相手が薫ちゃんだから関係ない。

「あとやっぱライブでタオル振りたいしさー」

「タオルなら家にたくさんあるじゃん」

「そのライブ会場で買ったタオルを振りたいの！」声が自然と大きくなる。「あと確かあのライブ会場の近くって行列で超有名なポップコーン屋さんがあるんだよ～帰りとか買えないかな～夜遅いし並ぶ時間ないかな～」

私は納得しないようすの薫ちゃんににじり寄ると、薫ちゃんの背中を足の指でぐりぐり押した。

「あーそのまま肩お願い肩」特に受験生になってから、薫ちゃんは肩がこるとか腰が痛いとか、おばさんくさいことを言うようになった。運動しなよ、と言っても、全然しない。私も別にしてないけど。

「あーあ」

仰向けに寝転び、思いっきり息を吸い込む。

「受験めんどくさいなあ～～～わああ～～～」

「腹式呼吸やめて」

三者面談を終えた自分は、きれいにカラを剝いたゆでたまごのように、純度百パーセントまぎれもなく完全に受験生になってしまったような気がする。面談を終えたその足でチケットの引き換えに行かなければ、気分はもっと暗くなっていたかもしれない。

「あつーい。プール行きたーい。ね、今度プール行こうよ。市民プールのウォータースライダー、久しぶりに行きたくない？」

「なっつかしいなー。ユッコ、滑り落ちながら半裸になったことあるよね」

「やめてー！」

私は、子どものころの恥ずかしい記憶を物理的に雲散霧消させるべく、体中をばたばたと動かす。もう制服もスカートも髪の毛もぐちゃぐちゃだけど、どうでもいい。

「プールっていえばさあ」

ぱた、と動きを止め、私はクリーム色の天井を見上げた。

「薫ちゃん、小学校のときは、プールの授業ちゃんと出てたよね」

薫ちゃんは小学生のころから、体育をよく休んでいた。「持久走とか、やる意味がわかんない」「なわとびなんて、できたってできなくたっていいじゃん」そんなふうに、あらゆる種目を回避していた。だけどなぜか、プールの授業だけはサボらなかった。水着なんて、薫ちゃんの気にしている胸の大きさが一番強調されるのに、と私は勝手にドキドキしていたけれど、薫ちゃんは小学校のときはきちんとプールの授業に出席していた。

だから私はてっきり、薫ちゃんは、泳ぐことが好きなんだと思っていた。小学生のころは、夏休みに、市民プールに何度も一緒に通ったこともある。帰り道に食べるアイスがおいしくて、日に焼けた首や肩が毎日毎日、飽きもせず痛かった。

「中学に入って、プールの授業もサボり始めたよね」

中学生になった途端、生理だからとか、髪型が気になるからとか、もちろん男子の前で水着になりたくないからとか、いろいろな理由を器用に振りかざしてプールの授業を休む女子が急増した。私だってもちろん、水着姿を見られることは恥ずかしい。だけど、なんとなく、薫ちゃんがプールの授業を休み始めた理由は、そんなものではない気がしていた。

「……ねー、なんで？」

仰向けの私から放たれた声は、クリーム色の天井まで辿り着かない。弱い力で放たれたそれは、私の顔のまわりにぽろぽろと落ちてくる。

「だって、もうじゅうぶん泳げるようになったし」

薫ちゃんの声が、パソコンから聞こえてくるライブ音源のあいだから顔を出す。

「ん？　どゆこと？」

「体育の中で唯一、水泳は意味があるって思ったからちゃんと授業受けてたの」

「意味？」

私はまた起き上がろうとしたけれど、腹筋が痛いのでやめた。

「だって、海で溺れたときとか、やっぱ泳げないと困るじゃん」

「海で溺れたときって何それ」

私は一応、笑ってみる。「あるかもしれないでしょ」薫ちゃんはあくまで、本気で言っているらしい。

パソコンの画面から、『Over』の歌声が聞こえてくる。

「少なくともテニスとかバスケで助かる場面ってどこにもないじゃん。泳げたら助かる場面なら、あるかもしれない」

「なにそれ、ウケる」

私はこういうとき、笑ってしまう。薫ちゃんの言うことが、冗談なのか、そうじゃないのか、よくわからないとき。

「小六のときに五十メートル泳げるようになったから、もういいかなって。五十メートル泳げれば助かりそうじゃん」

心が揺れてしかたない。

心が揺れてしかたない。

さっきから、『Over』のとある曲の同じところばかりが繰り返し再生されている。薫ちゃんはまた、気になった演出の部分を何度も観返しているのだろう。

　私はもう一度、口を開く。

「きれいなフォームで泳げるようになったら気持ちいいのに。タイム速くなったりするとテンションが上がるし」

「うーん」

　薫ちゃんが短く唸る。

「でもそれって意味なくない？」

　私は仰向けのまま、「えー」と声を漏らす。お腹がへこんで、自分の体は呼吸をすることで生きているのだと実感させられる。

「溺れたとき、きれいなフォームで泳ごうなんて考えないじゃん、絶対」

　あーこれ観てると勉強できなくなる、と、薫ちゃんは同じ部分を何度も何度も観返す。だから、同じ歌詞が、何度も何度も繰り返し聴こえてくる。

　心が揺れてしかたない。

　心が揺れてしかたない。

　心が揺れてしかたない。

「ピアノどう？」

　ぷつ、と、言葉の繰り返しが途切れた。薫ちゃんが、ＤＶＤを一時停止させたらしい。

「今日は普通の勉強の日だからお休み～」

「普通の勉強もしてないじゃん」

「面談で疲れたからいいの～」

「ユッコ見てたら私もなんかやる気なくなっちゃった」

薫ちゃんが、私が勝手に下げた冷房の温度を、ぴ、ぴ、と上げる。一人部屋だと、教室と違って、すぐに設定温度のとおりに空気が変わる。

「私もちょっと休憩～」

「っぎゃあ！」

私と合わせて十字になるように倒れ込んできた薫ちゃんに、「つぶれるつぶれるっお昼ごはん出るっ」私はじたばた抵抗する。まるで子どものころに戻ったようなじゃれあいに、少し照れくささを感じる。

薫ちゃんは今、学校の中で、一目置かれている。

たとえば体育を休むように、意味がない、必要がない、と判断したものに、薫ちゃんは参加しない。もちろん部活にも入っていない。塾にも行かない薫ちゃんは、小学校のときにはじめた通信教育を今でも続けている。「それで生きていくわけでもないのに放課後の時間全部部活に捧げるとかやばくない？」「塾行くための移動時間とか、他の学校の人との人間関係とかめんどくさそうじゃん。そういうの邪魔だから、私は通信教材で十分」そんな薫ちゃんの主張に、はじめはクラスメイトや先生たちは批判的だった。体育以外にも、課外活動や家庭科などをサボって別の勉強をしようとする薫ちゃんを、特に先生たちはなんとか説得しようとしていた。けれど、去年の文化祭の開会式の演出を薫ちゃんが手掛けたとき、少し空気が変わった。

薫ちゃんは、文化祭そのものには全く興味を示さなかったけれど、体育館で行われる開会式には興味がある、それどころか、演出を担当したいと言い出した。はじめは頭を抱えていた実行委員のメンバーも、あらゆるアイディアを提案し続ける薫ちゃんにやがて協力的になり、結局薫ちゃんは、放送部や美術部、物理部、科学部の部員たちを巻き込んで圧巻の開会式を創り上げてしまった。「ずっとどこかで試してみたかったんだよね」そのころ勉強し始めたらしいプログラミングの技術を使って、私たちには思いつかない、というか思いついても実行できないような方法で、薫ちゃんは開会式を盛り上げてくれた。その演出内容の中には、『Over』のパフォーマンスからいくつかヒントを得たんじゃないか、と思われるものもあった。私はそれに気づいたけれど、誰にも言わなかった。

学校の誰かが、あの人すごいなあ、と言った。そうすると別の誰かが、体育とかサボってああいうの勉強してたのかなあ、と言った。そうするとまた別の誰かが、だったら、あの人は確かに、俺たちと同じ授業とか受けてる場合じゃないかもなあ、と言った。

すると、薫ちゃんは言った。

——学校、って、すっごくたくさん生徒がいるのに、一通りのおっきいことしかできないから、意味のないこととか、無駄なことが多くなっちゃうんだよね。

「……薫ちゃんって、学校意味ないってよく言ってるけど、高校には行くんだよね」

「うん」

薫ちゃんは相変わらず、私の体の上にいる。

「何で？　もう義務教育じゃなくなるじゃん」

「そりゃ、効率いいからだよ～」

薫ちゃんが、私の体の上を転がり始める。

「やめっ、やめっ、転がらないでっ」

「もっとプログラミングとか勉強してみたいんだけど、なんだかんだ設備が一番整ってるのって学校だもん。この国って飛び級制度とかもないし、海外行けるほどうちにお金ないし」

「お昼ご飯出るっ、出るっ」

私は無理やり、体の上から薫ちゃんをどかす。

「ユッコは、音楽科でピアノやるんだよね？」

すると、私の顔のすぐ隣に、薫ちゃんの顔がやってきた。

「その予定」

ピアノ、弦楽器、管楽器、打楽器、ハープ、声楽、作曲――音楽科といっても、そこから専門的に学べる分野は様々だ。普通科と違って、入学時から自分のどんな能力を伸ばしたいのか、能動的に考える必要がある。

「それって、将来ピアニストになるってこと？」

「うーん、そういうわけでもない、かも……」

言葉を濁す私を、薫ちゃんは逃がさない。

「そうなの？　じゃあ何になるための学校なの？」

「えー……っとぉ」

この部屋で、音楽科に行きたいと告げたとき、薫ちゃんは笑ったりバカにしたりしなかった。私は、音楽科に行きたいと思う自分のことを散々笑ったりバカにしたりしていたから、ちょっと、拍子抜けしたほどだった。

芸能人になりたいわけでも、歌手になりたいわけでもない。だけど、『Over』の光流ちゃんみたいに、曲を作って、ピアノを弾いて、それをたくさんの人に届けて、っていうことが仕事になったら、どれだけいいだろう。

「実はね、ちょっともうね、やってみてるの」

「ん？　何を？」

私は、ベッドの上で行方不明になりかけていた携帯を探り出す。

「実は、将来、ピアニストっていうよりも、曲とか作る人になれたらいいなーなんて思ってて……」

『Over』は、メンバー全員が作詞も作曲もできる。だけど、光流ちゃんの曲は、光流ちゃんが作ったってすぐにわかる。私は、そんなところにも、ものすごく憧れている。

「最近、ちょっと、いろいろ挑戦してみたりなんかしちゃって」

自分の中に何か強い感情があるなって思ったとき、それが具体的にどういう種類のものかわからなくても、とりあえずピアノに向かいます。そういうときに生まれる曲が、一番私らしいものになると思うので——赤いお守りを初めて見たとき、私は、光流ちゃんがそう言っていたことを思い出した。心の中に生まれた感情がどういうものなのか、きちんと向き合うことが怖くなったら、ピアノに向かってすべてを吐き出せばいい。そう思うと、びしょびしょに濡れたセーターみたいに重かった心が、少し、軽くなった気がした。

なっちゃんと渡邊君が、カバンに同じお守りを着けていることを知ったあのとき。どうにも処理できない感情に、頭も体も心もどうにかなりそうだった、あのとき。

「てことは曲、作ってるってこと?」

「………………」私は無言で頷く。

「ハイ聴かせろ〜」

薫ちゃんがベッドの上で飛び跳ねる。「やめてっやめてっ」私は、定まらない指先で携帯を操ると、ボイスメモの画面を立ち上げた。なっちゃんと渡邊君、二人が揃ってカバンに着けている赤いお守り。それを見つけてしまった夜、ご飯もろくに食べずにピアノに向かい、この録音ボタンを押したのだ。

指先がそっと、右向きの三角に触れる。

自分で録音ボタンを押しているので、音源を再生してから曲が始まるまで、数秒の間がある。私はその数秒の間に、突然、自分でも信じられないくらいこの状況を恥ずかしく感じた。

あの日は、ピアノに向かうと、不思議と、感情がメロディとなって溢れ出てきたような気がした。すごい、なんかちょっとできちゃった、しかもちょっと光流ちゃんぽくない⁉ なんてひとりで盛り上がっていたけれど、他人が聴いたらきっとただのぐちゃぐちゃな音の羅列だ。家のピアノを録音しただけだから、音質だってもちろんひどい。せめて生で聴いてもらったほうが――そんなことを考えているうちに、一音目が、鳴ってしまった。

「わ」

薫ちゃんが小さく漏らした声を、私の耳はきちんと聴き取ってしまう。

もう、少しは薄まってくれているはずと思っていた感情が、あの日の濃度のまま、あっという間に蘇ってくる。私の作ったメロディが、私の心の輪郭線を明確にしていく。

心がそのまま、音符になっている。

「……はい、おーわり。なんかごめん、ひどかったね」

やっぱり、こんなの自己満足かもしれない。私にしか伝わらないものかもしれない。携帯を布団の上に投げてしまおうかと思った、そのときだった。

「すごくない？」

薫ちゃんが、がばりとベッドから起き上がった。

「やばくない？　びっくりしたんだけど。曲作れるとかマジやばいって。天才じゃん」

「え、何どうしたの」

予想外の薫ちゃんの反応に、私は戸惑う。

「ヤバイヤバイ、マジ感動。なんかめっちゃ切なかったよ、今の曲」

薫ちゃんが、枕をぼふんぼふんとベッドに叩きつけている。私の髪の毛がぐしゃぐしゃになる。

「……ほんと？」

私は、髪の毛を手ぐしで整えながら尋ねる。

「ほんとほんと。なんかわかんないけど、わーってなる感じ、胸の中が」

なんかわかんないけど、と、薫ちゃんが繰り返す。「わーってなる感じ？」私はくすくす笑うことで、胸の中の興奮を必死に鎮めようと努める。

伝わっている。曲を作っていたときの私の感情が、薫ちゃんにも、伝わっている。

曲なら、伝わるんだ。言葉にならない感情でも。

「これからなんか作ったら、まず私に聴かせてよ、ユッコ」

「え？」

全身にじんじんと広がる感動を味わっていると、薫ちゃんがまたベッドに寝転んだ。

「曲作ったら、全部、聴かせて」

さっきよりも近い距離から、薫ちゃんの声がする。

「わかった」

私は、短くそう答えた。できるだけ、表情も、体のどこも動かさないようにして、そう答えた。だけど本当は、ここから天井を突き破ってどこまでも飛んでいきたいくらい、嬉しかった。心の真ん中がどくどくどく熱い。

薫ちゃんでよかった。私は思う。

音楽科に行きたいって一番に伝えたのも、初めて作った曲を初めて聴いてもらう相手も、薫ちゃんで、よかった。

「つーか、音楽科ってどんな試験対策するの？　普通に数学とかあるの？」

あんたどんだけ数学好きなの、と、私は笑う。

「あるよー。一般教科は国語と英語と数学だけ。あとは専門科目と実技だから、ピアノの先生と音楽の先生んとこに通わなきゃいけないんだよね」

「え、夏休みにわざわざ先生のとこ通わなきゃいけないの？」

薫ちゃんが、顔をくるっとこちらに向ける。静電気で、髪の毛が頬に貼りついてしまっている。

「スカイプとかでできそうなのに、レッスン」

「いやできないでしょ！」

「何で？」

薫ちゃんの表情は、至って真剣だ。「え〜?」面白いことなんて何もないはずなのに、私の顔面の筋肉はしまりのない笑顔を作り上げてしまう。

「何でできないの?」

「え、だって直接会ってやらないと、細かい違いとかわかんないし……」

そういうもんなの、と結論めいた雰囲気を演出する私の言葉を、薫ちゃんが取り上げる。

「細かい違いって何? 指使いとか表現の仕方とか? それって動画とかでやりとりできないの?」

う〜ん、と、私は薫ちゃんから目を逸らして、また、真上を見る。

「できないと思う。生で聴かないとわかんないことっていっぱいあるから。スカイプとか、そういうデータ? みたいなので聴いてもダメっていうか」

「でもさ、ユッコが本当に曲を作る人になったとしてさ、ていうかなると思うんだけどさ」

耳のすぐそばで、薫ちゃんの声がする。あのころよりもずっと大人っぽくなって、胸も大きくなって、頭もよくなった薫ちゃんの声。

「ユッコのピアノ、生で聴く人より、データで聴く人のほうが断然多くない? 今だって、ライブより、CDとかテレビとかで音楽に触れる人のほうが多いじゃん」

私は、天井のクリーム色を、じっと見つめた。

天井のクリーム色は、正真正銘、昔のまま、変わらない。

「……何もうー、さっきあんなに褒めてくれた人とは思えない否定きたんですけどー」

「否定じゃないよー、単純に疑問なだけ」

「好奇心旺盛ですなあ」

はぐらかす私を見かねてか、薫ちゃんが話題を変えた。

「大変だね、夏休み中も学校行くとか」

そう言いながら、薫ちゃんはもぞもぞと動いている。靴下を脱いでいるみたいだ。

「まあ、気分転換にもなるし。そこで誰かに会えたりしたら楽しいし」

誰かに。

瞼の裏で揺れる赤いお守りの残像を、振り払う。

「そうかもしれないけどさー」

薫ちゃんが、ふぁああ、と、思い切ったあくびをする。

「なんか効率悪いよね、ピアノがある場所じゃないと練習できないなんて」

むくりと起き上がった薫ちゃんが、冷房へとリモコンを向けた。やっぱり、少し暑い。

――2013年7月4日

偶然だった。だからこそ、しゅわ、と心が弾けた。

「あれっ？」

「おう」

渡邊君が、ひょいと右手を挙げる。

「来てたんだ、珍しいね」

昨日は、今日学校に来るなんて言っていなかったはずだ。私は、眠る直前までなんとなく続いていた、渡邊君とのラインのやりとりを思い出す。

「気分転換に来てみた。そっちはピアノ？」

「うん」

私は、久しぶりに聴く渡邊君の声をもっときちんと聴きとれる場所まで、さりげなく近づいていく。夏服の白いシャツを着た渡邊君に、たくさんの本棚が並んだ資料室は、背景としてぴったり似合いすぎている。

白いシャツ、木目調の本棚、スクールバッグの紺。お守りの赤が、よく映える。

「どう？　受験勉強」

渡邊君からの問いかけに、私はふと、視線を逸らす。

「……そこそこって感じかな。でも、体験入学行ったら、ちょっとやる気上がった」

「わかる。俺も」

小学生のころから背が高かった渡邊君は、中学生になってもやっぱり背が高い。だけど、声が低くなったり、のど仏が出たり、小学生のころは渡邊君だけに起きていると思っていたいろんな変化は、ほかの男子たちにもあっという間に訪れた。

でも、渡邊君は渡邊君だ。他の男子とは違う。

中学校は、夏休みの間でも、自習室が使える。資料室には各高校の過去の独自問題が揃っているので、家が近い生徒などは塾代わりに中学校を利用したりもする。後輩が部活をしていたり、職員室にいる先生が少ないためすぐに質問ができるわけでもなかったり、条件はそれほどよくないけれど、いつもの場所でいつもの格好で、という精神的に落ち着いた状態で勉強ができるからか、利用者はそこそこいるらしい。確かに、いつもよりちょっと校則違反気味に制服を着て、がらがらの教室でお弁当もお菓子も自由に食べていいっていうのは、けっこう楽しい。

「決めたんだね、第一志望」

渡邊君が抱えている問題集の表紙には、大きな文字で高校名が書かれている。

「……いま、絶対無理って思っただろ」

「思ってないよ、ちょっとしか」

「ちょっとは思ってんのかよ！」

「うそうそ、思ってないって」

Ｉ高校は、県内でも頭のいい人たちが集まる、偏差値の高い私立の高校だ。男子の制服は普通のブレザーだけど、女子のはリボンがかわいい。

「……やっぱ、留学?」

決め手、と私が付け足すと、渡邊君は、「まあそんなとこ」と、まるで他人事のように呟いた。

ただでさえ入ることが難しい高校、その中でも限られた生徒しか利用できないらしい交換留学制度——まだ入学できることが決まっているわけでもないのにそれを決め手に志望校を選んだことが、照れ臭いのかもしれない。

「ずっと迷ってたもんね」

I高には、県内の高校には珍しく、交換留学制度がある。学年で二、三人しか合格できないような特別試験にパスすれば、無料で長期の留学が可能だという。そのときは学年がひとつ下がってしまうことになるけれど、それでも、という生徒は毎年十名以上はいるらしい。

「私立だし、学費も高いしなー。でも、I高目指して勉強してたら、そこ落ちてもY高とかH高には受かりそうだよな」

「だね」

行先は、カナダ。期間は、一年。

「……がんばらなきゃだね」

留学も。

最後の一言は、口に出すことができなかった。

好きな人と離れ離れになる、ということが、私にはまだよくわからない。同じ小学校だった友達はみんな同じ中学校に進学したし、お母さんもお父さんも、おじいちゃんもおばあちゃんも親戚もみんな元気だ。これまでずっと、朝起きて学校に行けば、授業を終えて家に帰れば、会いたいと思う人にすぐ会うことができた。

カナダなんて、ここからどれくらいで行けるのかもわからない。同じ時を生きているのに、時差があるとか季節が違うとか、そういうことがあるということすらよくわからない。それに、まだ十五年しか生きていない私にとって、一年なんて、ばかみたいに長い。だって、人生の十五分の一だ。

それだけの間、渡邊君に会えなくなるのかもしれない。だけど、そんなことを理由に、I高を受けるのをやめてほしいなんて言う方がもっとばかみたいだってことも、私は分かっている。

「もう一回行ってみたいんだよな、やっぱり」

渡邊君は呟く。視界の隅に、赤いお守りが見える。

こういうとき、私は思う。

好きだなあ、と。

渡邊君がどこかへ行ってしまうかもしれないとか、長い間会えないかもしれないとか、渡邊君と仲良くしている女の子が私以外にいるとか、そういう出来事が近寄ってきてやっと、自分は渡邊君のことがこんなにも好きなんだ、とわかる。ドラマや漫画みたいに、いつでもどこでも何をしていても好き、というほどの気持ちはまだわからないけれど、そんな嵐のような感情の入口にひとり、そっと立っている予感を抱くことはある。

「音楽科って、どんな勉強すんの？」

話題を変えるように、渡邊君が言った。

「楽典っていう、音楽関係の筆記だったり、自由曲と課題曲の練習と、あとソルフェージュ……って言ってもあんまりわかんないよね。耳コピみたいな感じのやつとか。先生が弾いたメロディを譜面に書き写すの」

「へー。超能力じゃんそんなの。筆記とか想像つかねえや」

「見る？」

私は、楽典の問題集を渡邊君に手渡した。国語も数学も英語も渡邊君には勝てないけれど、楽典なら勝てる。「わっけわかんねー」問題集を前に目を見開く渡邊君は、受験生の天敵である〝わからない〟という感情を、自分とは関係のない科目の中で思う存分楽しんでいるように見える。

私は、「なんじゃこりゃ」とか「ハ音記号キモくない？」とかぶつぶつ言っている渡邊君の隣で、棚の中から、自分の受けるK高の名前を探していた。K高の楽典の過去問も見ておいたほうがいいだろうね、確か資料室にあるはずだよ——音楽の先生はそう言っていたし、確かに過去問はあった。けれど、貸し出しの頻度が低いせいか、音楽科関連の資料は一番上の棚に置かれている。

「なんか、久しぶりに見た気がする」

「何を？」

私は、手の届かない場所にある背表紙を見つめながら聞く。

「雪子の手書きの字」

ほい、と、問題集が返ってくる。

「そう？」

「三年でクラスばらばらになったし、なおさら」

「いっつもラインばっかだしね」

「うん」

うん、と言うとき、渡邊君は少し、顎が上がる。それが、なんだかかわいい。

「……ねえ、あれ取って」

私は棚を指す。

「どれ」

「一番上の、右から二番目の。なんか変な色の背表紙のやつ」

渡邊君が「変な色？」と背伸びをしながら右手を伸ばす。白いシャツの袖から、少しだけ日に焼けた、細くて硬い腕が伸びている。私のよりも濃い産毛が、かちっとした電灯の光に照らされる。

「これ？」

「それ。ありがと」

「ほんとに俺が留学行ったらさ、手紙、ほしいかも」

突然、渡邊君が言った。

「え？　何、手紙？」

「うん」

また、渡邊君の顎が少し、上がる。

「俺、雪子の字、好きだから」

渡邊君の低い声は、私の全身の細胞を、直接震わせる。

「……そういえば、渡邊君って小学生のころ、学級日誌のみんなの字見るのが好きみたいな変態っぽいこと言ってたよね」

「変態っつったな今」

「だってやばいじゃん、趣味が女子の書いた日誌ガン見とか」

「言い方」

普通に言えって、と、渡邊君が笑う。その大きな手には、I高の問題集がある。私の手には、K高の問題集がある。

渡邊君が、すぐ隣にいる。手を伸ばせば、すぐに触れられる場所にいる。だけど、私たちがこの先、どうしても手にしたいと思っているものは、全然違う場所にある。

「I高とK高って、場所、けっこう近いんだよね」

「ああ」

渡邊君が、こっちを見る。そして、

「一緒に帰れるな」

と、少しだけ笑った。

夏休みの学校は、炭酸が抜けたソーダ水みたいだ。私たちも先生も、制服を着たり職員室で仕事をしていたりして、まるでいつもどおりの私たちみたいな顔をしているけれど、やっぱり、いつもどおりじゃない。いつも私たちをがんじがらめにしている制服と私たち自身のあいだに、少しだけ、隙間があるような気がする。その隙間を、普段は通らないものがすうすうと行き来している感覚だ。だから、普段は言えないようなことを言えたり、普段はできないようなことをしてみようと思うのかもしれない。

「ねえ」

私は、真っ直ぐに前を見つめたまま、言ってみた。

「最近、なっちゃんと仲良いの？」

え、とこちらを見た渡邊君の体の動きを後追いするように、赤いお守りが揺れる。

「なっちゃんて、矢島のこと？」

「うん」

渡邊友哉《ともや》、矢島夏希。渡邊君となっちゃんは、出席番号が同じだから、三年二組の教室の中、隣同士で座っている。

「何で？　別に普通だけど」

席が隣、というだけなら、私もなんとも思わなかった。それに、小学生のころ、ちょっとぎくしゃくしたことはあるけれど、私はなっちゃんのことを嫌いではない。

「……そのお守り」

なっちゃんとお揃いじゃん。

すごく、すごく小さな声になった。だけど、他に誰もいない夏休みの資料室の中では、一文字ずつきちんと、音になった。

「あー、これ」

渡邊君は、自分のスクールバッグに視線を落とす。

「I高受けることに決めたって話したら、くれたんだよ。矢島のうちの近くに、学問の神社？みたいなのがあるんだって。そこのお守り。縁起いいから着けとこうと思って」

「ふうん」

私は、前を向いたまままそう答える。

渡邊くんのいるほう、体の左半身の細胞ひとつひとつが、ぴりぴりと痺れている。

「それならいいけど」

いいけど、って、なんだ。自分で言って、自分で恥ずかしくなる。

私は渡邊君の、なんでもない。ただの友達だ。だけど、私のいない教室で、なっちゃんとどんなことをどんな表情で話しているのか、考えただけで心が破裂しそうになる。なっちゃんも、渡邊君がカナダに行ったことがあると知っているのかとか、野球よりサッカーよりホッケーが好きなこと、人が書いた文字を見るのが好きなこと、そういう他の女の子はきっと知らないような渡邊君の一面にもう触れたのかとか、そういうことを考えると、いてもたってもいられなくなる。

と同時に、他の女の子より少し仲が良い気がするだけで、なんとなくずっとラインのやりとりが続いているだけでこんなふうにやきもちをやいている自分の身勝手さが、この体を一思いに焼き尽くしてしまいたくなるほど、嫌になる。

「矢島も、ちょっと自分のレベルより高いところ受けるらしいよ」

「そうなんだ」

なっちゃんはかわいいし、明るいし、中学に入ってからは薫ちゃんと同じくらい胸が大きくなった。小学生のころは、大きな胸なんて面倒くさそうだと思っていたけれど、今は純粋に羨ましい。

「矢島、夜遅くまで勉強してるらしくて授業中すげー寝んの。意味ないよな、それじゃ」

「そうだね」

矢島、矢島、矢島。

渡邊君の声が降り積もるほど、苦しくてたまらなくなる。今ピアノの前に座ったら、前みたいに、曲が生まれるかもしれない。

「……そうそう、夏休みの終わりね、Over のライブ行くんだ」

私は、無理やり明るい声を出しながら、えいっと渡邊君のほうを向いた。固まってしまっていたんじゃないかと思っていた左半身が、ようやく、自然に動き出す。

「すげ、チケット取れたんだ」

私は、口の筋肉を必要以上に大きく動かすことで、顔の容積いっぱいに溜まっていた熱を放出しようとする。

「そう！　薫ちゃんと行くの。先月の模試が奇跡のA判定だったから、一日くらい遊んできちゃおっかなって」

げ、と、渡邊君が顔をしかめる。

「俺Cだったやつだ。合格率四十パーから六十パーがCなんだけど、四十と六十って全然違くね？　四十なのか六十なのかでだいぶ気持ち変わるっつの」

「さすがI高。渡邊君でCって」

A判定は、合格率八十パーセント以上。

まるで、台風が近づいているときの降水確率のような数字だ。

「……そういえば、一回、行ったことあったよな。吉野さんち、一緒に」

渡邊君が、会話の端っこの部分を、すりこぎで丁寧に伸ばすように言った。もう少し会話をしたい、と思ってくれている、のかもしれない。

「行ったね。二人でプリント持って」

私たちは小学五年生だった。私たちの町に台風の目がじりじりと躙《にじ》り寄っていたあの日は、町全体がなまぬるかった。降水確率はきっと、八十パーセント以上だった。

「懐かしいな」

渡邊君と、初めて一緒に帰った日。

二人きりでたくさん話した日。

「懐かしいね」

好き。

私は、当たり前のようにそう思った。百円で買ったおみくじを開くように、お母さんが作ってくれたお弁当の蓋を開けるように、ほどけた靴ひもを結び、また歩き出すように、とても自然にそう思った。A判定とかC判定とか、降水確率八十パーセントとか、どれくらい、なんてわからないくらい、とにかく好きだと思った。決して数値化できない感情の渦の中に飲みこまれていく心地よさが、制服と体の隙間に入り込んで、私のまんなかにある心から順番に、内臓や四肢の先の先までを満たしていく。

——2013年8月19日

振り返ると、まだ、さいたまスーパーアリーナの入口が見えた。さっきまで『Over』がいた場所を一秒でも長く見ていたいけれど、駅までの道はとても混んでいるので、きちんと前を向いていないと転んでしまいそうになる。

「今回も凄かったねー!」

薫ちゃんがタオルで汗を拭きながら声をあげる。タオルは結局、ネットで買えるものを事前に手に入れておいた。私も薫ちゃんも、色違いのお揃いを首からぶら下げている。

「やっぱ演出がすっごかったなーどうやってるんだろあんなの」

ライブ中に撮った写真を見返している薫ちゃんの表情には、生々しい興奮がまだ残っている。『Over』は、ライブパフォーマンス中の静止画の撮影を許可している。肉眼で見ても広い会場は、写真で見ると、なぜだか一段とまた広く見えるから不思議だ。それは、会場全体が広く、というよりは、ステージにいる『Over』のメンバーたちがものすごく小さく見えるからかもしれない。

「凄かったね、チケット当たってほんっとよかったー!」

「ねー、DVD出たら絶対買わなきゃ」

満員電車の中身だけがそのまま動いているような人混みの中では、興奮した薫ちゃんの声ですらあまり目立たない。数万人が同じ駅を目指している中、「ひとつ隣の駅も利用可能です!」と声を張り上げ続ける警備員がむなしい。

今回のライブは、全国すべてアリーナクラスの会場をまわるツアーということもあって、演出の規模も最大級だった。プロジェクションマッピングや歌詞の内容に合わせて色を変えるライトなど、これまでにも行われてきたような演出は序の口で、中には、今どんなことが行われていて、ステージのどこに注目すべきなのか、判断に困るほど手の込んだものもあった。セットが会場奥のメインステージ、そこから伸びる花道の先にあるアリーナ中央のセンターステージ、というシンプルな構造だったから余計に、大胆な演出がよく映えていた。

「なんだかんだ一番はじめのが凄かったね」

「あれね！」

『Over』は、ライブの一番はじめに大きな仕掛けを施すことが多い。だが今回は、メインステージですんなりと一曲目の演奏が始まった。観客が少々拍子抜けしたのも束の間、アリーナ中央のセンターステージに、メンバー六人が現れたのだ。

「全っ然気づかなかったもんね」

「３Ｄでメンバー再現とか、なんかもうマジ時代先取りすぎ」

センターステージに現れたメンバー六人は、花道を歩いてメインステージへと戻っていく。この時点で観客はやっと、メインステージで演奏をしていたメンバーは、空間の中に立体的に映し出された３Ｄ映像だったことに気が付く。実在のメンバーは、３Ｄ映像のメンバーから楽器を奪い取り、そのまま本当に演奏を始めた。一体どういう仕組みでこんなことが行われているのかは全くわからなかったけれど、会場は、見たこともない先進的な演出に大興奮だった。

私と薫ちゃんは、幸運にも、アリーナ席のチケットを入手していた。しかも、ファンクラブ先行で当選したからか、メインステージにとても近かった。チケットを片手に自分たちの席に辿り着いたときは、あまりの嬉しさに「え、やばくない⁉」「やばくない⁉」と二人で何度もチケットに書かれている席の番号を確かめ合った。

私は、メインステージにバーチャルな六人が現れたときのことを思い出す。すぐそばに現れた『Over』のメンバー、ピアノを自由自在に操る光流ちゃん、ずっとずっと憧れていたその姿に、めまいがするような思いだった。

つまり私は、3D映像としての光流ちゃんを、本人だと信じて疑わなかった。

わからなかったのだ。

メンバー六人の動きを見ても、光流ちゃんが弾くピアノの音を聴いても、私は、あれが本物の『Over』ではないと、わからなかった。

「Over××の××のところが発表されたときも震えたなー。いよいよ来るとこまで来たって感じだよね。観客のデータ化みたいなのもすごかったし」

私は、進んだり、止まったりを繰り返している自分の足を見下ろす。ライブでいっぱい飛び跳ねるだろうと思って履いてきた、差し色の赤がかわいいお気に入りのスニーカー。買ったばかりのころは、横幅が少しきつかった。

ライブの中盤にも、新たな演出が取り入れられていた。みんなでタオルを振り回す、絶対に盛り上がる定番曲。センターステージで演奏をするメンバーがモニター上に映っていたのだが、そのモニターに、ひとり、またひとりと、メンバーを囲むような形で観客の姿が現れたのである。実際のセンターステージにはメンバーの六人しかいないのに、モニター上では、百人以上の観客がステージ上のメンバーを囲んでいるのだ。

その曲の後のMCによると、会場入口に設置していたセンサーで読み取った客をアバター化して、3D映像としてモニターに映し出していたらしい。体格や服装などの基本情報さえ読み取ることができれば、あとはどうにでも動かせるという。すぐ近くにいた女性ファンは、実際に自分の姿がセンターステージに現れたらしく、「やばいっ！　あれ私っ、やばいっ！」と大喜びでファン仲間と手を取り合っていた。

ピアノから手を離した光流ちゃんは、「まるでファンの皆さんとすぐそばでライブを共有しているようで楽しかった」と言った。笑い交じりに「アバターを映し出すために自分たちが進入しちゃいけない範囲ってのが出てきて、そこ気にしつつやるのが大変だったけどね」とも話していた。

3D映像で登場した、光流ちゃん。モニター上に現れる、たくさんの観客たち。

「なかなか着かないね、駅」

薫ちゃんが、タオルで汗を拭く。

私は、目の前にいるたくさんの人の後ろ姿を見つめる。

「そうだね」

このうちの誰かが3D映像として追加されたものだったとして、私は、きちんと、そうと判断することができるのだろうか。

また、足が止まる。

スニーカーのつま先が揃う。

お気に入りのスニーカーは、買ったばかりのころは横幅が少しきつかったけれど、今では、たったひとつの私の体の形に合わせて、少しサイズが変化している。

たったひとつの、私の体の形に合わせて。

「薫ちゃん」

——自分の3D映像がメンバーに近づいて、ライブを一緒に楽しめるって、それって、嬉しいのかな？

「ねえ、ユッコ」

薫ちゃんに聞きたかったことを口に出す前に、薫ちゃんが私のことを見た。

「そのお守り、ダサくない？」

「えっ⁉」

大きな声が出てしまった。前を歩いている男の人が、ちらりと私のことを見る。

「いや、ずっと言おうと思ってたんだけど……あんま合ってないと思うんだよね、そのカバンにそのお守りって」

「え、そ、そうかな？」

私は、愛用しているカバンに着けている赤いお守りを、隠すように握りしめる。

「これ、学問の神様がいるところのお守りなんだって。受験だし、ちょっと神頼みしとこっかなって」

「A判定なのに？」

薫ちゃんは、私の拳の中のお守りの中身まで透視してしまいそうな目つきをしている。

「お守りも変だし、ユッコ自身もちょっと変」

「そ、そう？　普通だよ」

二人とも、一歩、動く。私は、拳に力を込める。

このお守りは、自分で買いに行った。

私もこれをカバンに着ければ、渡邊君となっちゃん、その二人だけのお揃いではなくなる。そう思ったから、ひとりで買いに行った。

「ユッコ、最近ぼーっとしてるときあるし」

薫ちゃんが、私の背中を押すように言う。

「ちょっとやつれた気もするし、変なお守り着けるし」

少しずつ、人の波が動いていく。

「なんかあったのかなって」

私は、靴ひもを踏んでしまわないように、下を見る。

涙ぐんだ目を、薫ちゃんに見られないように。

「なんかあったっていうか……」

バカみたいだ、私。

ひとりでぐちゃぐちゃ考えて、ひとりで変な行動起こして、ひとりでこんな気持ちになって。

カッコ悪いし、気持ち悪い。

「好きな人ができただけ」

資料室で渡邊くんに会った日から、渡邊君のことを考えるだけで、ご飯もろくに食べられなくなってしまった。勉強にだって、ピアノの練習にだって、集中できない。自分が自分ではなくなってしまったみたいだ。

「好きな人」

薫ちゃんが、小さな声で、私の言葉を繰り返す。

「好きな人ができると、そんなふうに元気がなくなったり、痩せちゃったりするの？」

たどたどしく、薫ちゃんが言葉を繋ぐ。

「だったら、やめたほうがいいよ」

流れ始めた人混みの中で、薫ちゃんの歩幅は私のそれより大きい。

「やめたほうがいいって……」

「だって、体調悪くなるんでしょ？　そんなのおかしいじゃん。向いてないんじゃない？」

私は、薫ちゃんの背中を見つめる。

伝わらないかもしれない。

私は、昔からの親友に対して初めて、明確にそう思った。いや、本当はこれまでにも何度かそういうタイミングはあったかもしれないけれど、自分の心がやっと、素直にその感情を認めた気がした。

ご飯が食べられなくなるくらい、いっそ嫌いになってしまいたいくらい誰かを好きになる気持ちを、この人にどう説明すれば伝わるのかが、わからない。

「……そうかもね」

私は、薫ちゃんの隣に並ぶ。

「ねえ、薫ちゃんも、たまには学校で一緒に勉強しようよ」

楽しいよ、と、私は顔を上げる。さりげなく手の甲で涙を拭ったことは、薫ちゃんにはバレていない。

「えー、学校？」

「学校の資料室に、いろんな高校の過去問とか全部揃ってるんだよ。自由に借りられるの」

「へえ」

「便利でしょ？」

私は、微笑みながら、薫ちゃんの顔を覗き込む。心の重さに負けそうになっていた体が、やっと薫ちゃんと同じ速度で前に進もうとしたそのときだった。

「いや、不便じゃない？」

薫ちゃんは、いつもと同じ、少し早口で言った。

「私のタブレットだと、過去問は全部データでダウンロードできるからさ。それだと、誰かが借りてて使えない、なんてこともないし、いちいち学校まで行かなくてもいいし」

薫ちゃんは、まっすぐ前を見ている。どんな表情をしているのか、横顔だけではそのすべてを読み取ることができない。

「そう言われたら確かに不便かもしれないけど……」

――不便って、そんなに悪いことなのかな？

また、言いたいことが言葉にならない。薫ちゃんは親友なのに。これまでも、薫ちゃんにならなんでも言えたのに。

私は足元を見つめる。

学校は、確かに不便なことが多い。

だけど、だからこそ、言葉を交わせた人がいる。だからこそ、出会えた人がいる。

「薫ちゃんは、好きな人いないの？」

今度は、逆だった。言おう、とは全く考えていなかった言葉が、口からこぼれ出た。

「好きな人」

薫ちゃんが、また、私の言葉を繰り返す。

「そう、好きな人」

私がもう一度繰り返したので、薫ちゃんはもう、繰り返すことができない。

ほんの少しの沈黙のあと、薫ちゃんが口を開いた。

「――待って、何かいつの間にか違うとこ来てない？」

この人混みの全員が駅を目指して歩いていると思っていたけれど、いつしか進路が二手に分かれていたらしい。私と薫ちゃんは気づかないうちに、駅へ向かう流れから外れていたようだ。

「あれ、ユッコが言ってた店じゃない？　なんだっけ有名なポップコーン屋とかそういう系」

「あっほんとだっ、ここだ！」

私たちはいつしか、駅の近くにある有名なポップコーン専門店に並ぶための行列に紛れ込んでいたらしい。ライブ帰りに寄る人と、夏休み最後の週末という条件が重なったからか、かなりの行列になっている。

「すごい人気」

ご迷惑になりますので道路を塞がないでください――あらゆる方向から飛んでくる店員の呼び

かけを避けるように、私と薫ちゃんは方向転換を図る。時間に余裕があったら買って帰りたいなんて思っていたけれど、こんなの絶対無理だ。

駅まで出てくると、もう、『Over』の全国ツアー千秋楽が開催された町は、ただの見慣れない町のひとつになった。さっきまでは、周りにいる人すべてが『Over』の余韻に浸っていたけれど、日曜日なのにスーツ姿の大人たちや塾帰りの学生たちが、その空気をせっせと薄めてくれている。

「すごい行列になるってわかってるのに」

あっという間に、ポップコーン専門店は見えなくなる。薫ちゃんは歩くのが早い。

「なんでレシピ化してコンビニとかで売らないいんだろ」

前を歩く薫ちゃんが、独り言のようにそう言った。

「そのほうが絶対儲かるのにね」

私は、薫ちゃんの背中を追いかける。聞こえていない振りをしながら、追いかける。

パスモで改札を通る。チャージの残額が少し不安だったけれど、大丈夫そうだ。電車を待つホームに隣同士並ぶと、薫ちゃんは、私の首からぶら下がっているタオルを見ながら、また、ひとりごとのように言った。

「このタオルも、会場限定のやつ買おうと思ったら、めちゃくちゃ並ぶんだよね」

薫ちゃんは、いつのまにか、首にかけていた自分のタオルをカバンの中に片付けている。

「私、たまに思うの」

電車を一本、やり過ごす。特急ではなく、快速に乗らなくてはならない。

「会場限定タオルとか、光流ちゃんじゃないと弾けない曲とか、超並ばないと買えないポップコーンとか、資料室でしか借りられない問題集とか、音楽室に行かないと練習できないピアノとか」

特急電車から振り落とされた風に、髪の毛を乱される。

「渡邊君にしか消せない黒板とか」

薫ちゃんの声だけが、風に吹き飛ばされずに、その場に残る。

「その場所じゃなきゃ手に入らないとか、その人じゃなきゃできないとか、そういうのって意味あるのかな」

特急電車が見えなくなる。

「どこでも、誰でもできるようになったほうが、便利でいいのに」

本当に、独り言なのかもしれない。私の反応なんて、求めていないのかもしれない。だけど私は、自然に口を開いていた。

「違うと思う」

風に散らされた髪の毛を、耳にかける。視界から邪魔なものが消えた。

「だって、このライブはこの場所に来なきゃ楽しめなかったじゃん。家でひとりで曲聴いてても今日みたいには楽しくなかったと思う」

――私には、私にしか弾けない、私にしか作れない曲が必ずあります。

光流ちゃんの言葉が、突然、私の頭の中でだけ蘇った。私は、どんどん小さくなっていく自分の声を、街の雑音のような距離感で捉える。

「やっぱり、生演奏だからこそ、ライブだからこその楽しさってあるよ」

でも。

一曲目、３Ｄ映像で現れた『Over』のメンバーたち。私は見抜けなかった。

中盤の定番曲、モニター内のステージ上に現れた、会場の客たち。みんな、それだけで大喜びだった。

今日のライブは、ツアーの千秋楽だった。最後に発表された『Over ××』の××の部分。

Human
Over Human が、今回のツアーのテーマだった。

「私ね」

薫ちゃんの声と同時に、電車が私の五感に入り込んできた。

「今日のいろんな演出見て、Over は、メンバーがそこにいなくても、お客さんがそこにいなくても、もしかしたら会場なんかなくても、ライブができるようになるのかもしれないって思ったよ」

電車が止まった。快速だ。たくさんの人が降りてくる。

「それってすごいことだなって。だって、遠くて行けないとか、お金がないとか関係なく、いつでもどこでもOverのライブが楽しめるってことだもん」

薫ちゃんが先に、電車へ乗りこんでいく。

電車は混んでいた。はじめは全然座れなかったけれど、一度乗り換え駅を経ると、座席が徐々に空いてきた。地元の駅まであと四駅となったところで、やっと、二人並んで座ることができた。

窓の外を、景色が流れていく。

電車は、私たちを、中学三年生が自分の力だけでは到底辿り着けなかったような場所からよく見知った町まで帰してくれる。車を運転することができる大人じゃないと行けなかったような場所まで、私たち子どもを運んでくれる。

「ねえねえ」

次の駅で降りる、というときになって、薫ちゃんが急に口を開いた。

「好きな人がいるとか、恋をするとかって、どんな気持ち？」

「えっ？　何っ？　いきなりどしたの？」

「いや、ちょっと気になって……」

薫ちゃんが、珍しく語尾を濁す。うとうとしはじめていた私は、慌てて薫ちゃんのほうに向き直った。

背中ではなく、薫ちゃんの顔がきちんと見える。

電車が速度を緩めていく。心地いい揺れの中で、私は、頷いた後に少し上を向く渡邊君の細い顎を思い浮かべていた。高い背を、低い声を、焼けた腕に生えている産毛を、私の字を好きだと言ってくれる唇の動きを思い出していた。

「恋って」

——その場所じゃなきゃ手に入らないとか、その人じゃなきゃできないとか、そういうのって意味あるのかな。

「その人とじゃないとできないって思うもの、かも」

電車が止まった。私の答えは、よく見慣れた町の景色にじょうずになじまなかった。

——２０１３年９月１日

成田空港に着くころには、電車の乗客も少なくなっていた。今ここで電車を降りていく人たちは皆、これからどこか遠いところへ飛び立ったり、どこか遠いところから帰ってくる人を迎えるのだ。ちょうど私たちのように。

「一年なんて長いようであっという間って思ってたけど……やっぱり今考えると普通に長かったね」

そう言う渡邊君のお母さんは、改札そばにある女子トイレを素通りし、階段とエスカレーターのうち迷わずエスカレーターを選んだ。私は一瞬、トイレの鏡で自分の姿を確認したいなと思ったけれど、さすがにそんな理由で彼氏の母親を足止めするわけにはいかない。

「あ、皆さんもういらっしゃる」

第二ターミナルの国際線到着ロビー。集合場所に指定されていた時計の周りでは、何人か、生徒の母親らしき人たちが落ち着かない様子で携帯を見たり時計を見たりを繰り返していた。

「渡邊さん」

スーツ姿の男性が、私たちを見つけ手を振る。I高の先生だろうか、愛想よくこちらに近寄ってくる。

「ご足労いただきありがとうございます。向こうを定刻に出発したようなので、おそらくこちらにも予定通りに到着するはずです」

「そうですか、それはよかった」

渡邊君のお母さんはやわらかく微笑むと、近くの備え付けの椅子に腰を下ろした。「やーっと帰ってきますね」「なんか不思議な感じですね」留学をしている生徒の親同士は交流がすでにあるのか、隣に座っていた女性と自然に会話を始めている。私はなんとなく、会話に入ることをせず、渡邊君のお母さんの隣に立ったままでいた。おとといの夜、渡邊君に冗談半分で送った【妹のふりしとくから（笑）】というメッセージに、意外と自分が縛られている。

渡邊君のお父さんは今日も休日出勤みたいだけれど、中には、母親と父親、どちらも揃って子どもの到着を待っている人たちもいる。やはり、一年ぶりに我が子が日本に帰ってくるというのは、親にとってはいてもたってもいられないイベントなのかもしれない。それにしても土曜日の帰国でよかった。平日だったら、さすがに学校を休んでまでここには来られなかっただろう。

もうすぐ、会える。渡邊君に。

何度その事実を頭の中でなぞっても、まるでいま初めてそのことに気づいたみたいに、新鮮に嬉しい。もうすぐ会える、と考えただけで、心の根っこがこの世界にあるあらゆる養分をいっぺんに吸い取るのだ。全身に活力が漲《みなぎ》る。

「雪子ちゃん」

渡邊君のお母さんが、自分の隣にある椅子をとんとん、と叩いた。

「座ったら？　もうちょっと時間あるみたいだし」

あら、と、ひとつ隣の席の女性が目を見開く。「息子さんの？」に続く、「彼女さん？」の声が、とても小さい。そうなの、あらあら、と頷き合う母親たちからの視線に笑顔で応えると、私は椅子に腰を下ろした。

高校一年生の夏休みに入る直前、渡邊君から告白された。本当はずっと告白をしたかったこと、だけどピアノの練習の邪魔になるのではないかと考えたら言い出せなかったこと、高校の帰り道に何度かばったり会っていたのは偶然ではなく計算だったことなど、私は、全く知らないようで、本当は少し知っていたかもしれないようなことをたくさん言われた。私は、渡邊君に伝えたいことが渡邊君よりもたくさんあったはずなのに、そのうちのほんの少ししか、口に出すことができなかった。

——私も、好き。しかも、たぶん、小学生のとき、黒板消してくれたときから、結構ずっと好き。

「なーんか落ち着かないわねえ〜」

「うちの子、たまに写真送ったりしてきてたんだけど、なんか太ったみたいで。ちょっと会うの怖いわあ」

母親同士の会話が微笑ましい。私は携帯の画面を光らせる。14：23。到着予定時刻は、14：35。

高校一年生から二年生にかけての春休み、学内選考を通過した四名の生徒と一緒に、渡邊君はカナダへ発った。出国の日は、遠慮の気持ちもあって、見送りには行かなかった。だけど、行ってきます、と写真付きのメッセージが届いていたし、着いたら連絡してねと言ってあったので、私はそこまで悲しみに浸ってはいなかった。携帯があれば、海外にいたってどこにいたって簡単に連絡ができる。この時代の人間でよかった、と、私はそのときはじめて思った。

渡邊君が遠くへ行った、という事実をやっと認識したのは、二年生の一学期が始まった日の放課後のことだった。今日は始業式だけだからラッキー、と、いつものように渡邉君に帰りの予定を聞こうと、携帯を取り出した。

そうだ、いないんだ。

高校の最寄りの駅で待ち合わせて、同じ電車に乗り、地元の駅から隣同士並んで自転車を引いて歩く。ときには、高校の近くにあるファミレスか何かに入って、一緒に夜ご飯を食べる。そして、ご飯を食べて帰ることを連絡し忘れていて、お母さんに怒られる。前日の夜ご飯が次の日の朝ご飯になり、朝からロールキャベツを食べなければならなくなったことをスタンプなんかを交えながらラインで報告する。

これから一年間は、そういうこともないんだ。

メッセージのやりとりが簡単にできる分、渡邉君の体そのものがここにはないということを実感するまでには、少し、時間がかかった。

一年間は、やっぱり長かった。たぶん、会ったら、あっという間だったねって言い合うと思うけど、そんなわけなかった。

「皆さん、保護者の皆さん」

スーツ姿の男が、持っているファイルを掲げた。

「到着が少し早まったそうです。そろそろ出てくるかもしれません」

私は思わず、椅子から腰を上げる。だけど、隣にいたお母さんたちのほうが、私なんかよりもずっと早く立ち上がっていた。

——2016年3月26日

「これがホストファミリーのトラヴィス。アイスホッケーのクラブチームに入っててさ、俺のことも誘ってくれたんだ」

「どれ？　真ん中の茶髪の子？」

「そうそう」

町にひとつだけあるドーナツショップの二階、四人掛けのテーブルの一辺に、二人並んで座っている。はじめは向かい合わせに座っていたけれど、携帯の写真が見づらいから、結局隣同士になった。こんな迷惑な座り方、いつもだったら絶対にしないけれど、今日だけは許してくださいと心の中で手を合わせる。

「へー、なんかパッド？　みたいなの着けてるとマッチョに見えるね、皆」

画面が足りないといわんばかりに、外国の少年たちがぎゅうぎゅうに身を寄せ合っている。スケートリンクの上で撮った集合写真らしい。

「実際、あっちの高校生はマジで大人っぽかったよ」

「だろうねー」私は何枚かの写真をスクロールさせる。「向こうで実際に練習やってたんだ」「何度か試合にも出させてもらったんだぜ、全然なんにもできなかったけど。でもマジですげえ楽しかった」

「お、さては本気で言ってるね」

「いつも本気だわ！」

渡邊君は、私がじっくり見てみたいなあと思った写真でも、すぐにスクロールしていってしまう。カナダで過ごした一年間を、できるだけ早く、かつ、できるだけたくさん、私と共有したいと思ってくれているのかもしれない。「ちょっ、さっきのちゃんと見せて」「これ？」「違う違う、その一個前」肩を押しながら抗議をすると、渡邊君もぐいっと私の肩を押し返してくる。それが楽しくて、嬉しくて、特にじっくり見たい写真でなくてもつい、体をくっつけてしまう。

「ホッケー、バスケより楽しかった？」

「うーん……バスケより激しかったかな。バスケは見てても楽しいけど、ホッケーは見るよりやるほうが百倍楽しい」

明言はしないけれど、きっと、バスケより楽しかったんだろう。だけど、こっちではアイスホッケーなんて気軽にできないから、そう言ったところでどうしようもないことに渡邊君は気づいている。

私は、すぐそばにある肩に顔を預ける。「ん？」渡邊君の顎が、少し上がったのがわかる。一年前の私なら、人目のある場所でこんな行動をしなかったはずだ。だけど今は、渡邊君の体がすぐそばにあることが、どうしたって、あまりにも嬉しい。

帰ってきた渡邊君は、少し体が大きくなっていた。肩や腕の筋肉は前よりもきっと硬くなっているし、腕や首だって少し太くなったような気がする。I高では先輩からスカウトされてバスケ部に入っているけれど、I高の小さな体育館で過ごした一年間ではなく、カナダで過ごした一年間のほうが、渡邊君の体をぐっと大きく変えてしまったように見える。

その一年間を知れないことが、私はものすごく悔しかった。この二つの目に何が映って、二つの耳が何を聴いて二つの鼻の穴がどんな匂いを感じ取ったのか、全部全部知りたかった。そんなことは絶対に無理だとわかっているからこそ、全部全部知りたくなってしまってたまらない。

「わ、学校オシャレー、ていうか、なんかみんなオシャレ」

写真が、学校の中を写したものに変わっていく。

「そうそう、向こうの学校は私服なんだよ。髪の色とかメイクとかも自由でさ、ハロウィンとかパーティのときなんか、女子がすげえんだドレスとか着て」

渡邊君が、私の知らない校舎の中で、私の知らない人たちと顔を寄せ合ったり肩を組んだりしている。この学校の男の子と日本の男の子は仲良くなれそうだけど、この学校の女の子と私みたいな日本の女の子は、なぜだか上手に仲良くなれないような気がした。

「外国の学校とかほんと想像つかない」

「授業は最初の方とかマジでわかんなかった。英語でフランス語の授業受けたりするわけ。わかるわけないじゃんそんなの」

「そりゃ無理だね」

「無理無理。先生も諦めててさ。ネイティブのトラヴィスでさえよくわかんないらしいから俺なんか論外だよな」

「トラヴィス」

「何」

「会話の中に急に出てくるとなんか面白かった」

渡邊君やトラヴィスが着ている色とりどりのパーカやスニーカー、ラップに包まれたサンドウィッチとフルーツのランチ、廊下にずらりと並んでいるロッカー。教室は日本よりも机が少ないような気がするし、全体的に簡素な印象だ。生徒たちは、教室の引き出しなどではなく、廊下にある個人ロッカーに荷物を入れているらしい。

「クラス、って概念が薄いんだよ」

渡邊君の体が動くと、そこに預けている私の頭も一緒に動く。「んだよ、もたれんなよ」めんどくさそうな声を出しているけれど、そのくせ、渡邊君の体が私を受け入れてくれていることがわかる。想像以上に、私は、自分以外の誰かに寄りかかりたかったらしい。

ちらりと携帯の画面を見る。

何もなし。

「クラスないとか、授業はどうなってんの？」

「全部選択式。クラスメイトが集まるのは最初と最後のホームルームくらい」

日本語で話していても外来語の部分だけ凄く発音がよかったりとか、そういういやな感じになって帰ってきたらどうしようかと思ったけれど、渡邊君はそんな人ではなかった。ただ、帰国して一週間も経たないうちから、せっかく覚えた英語をどんどん忘れていっている気がする、ともう不安がっている。

「部活もないんだっけ」

「そう。アメフトとチアくらいかな。あとは地域のクラブチーム？　みたいなのばっかり。俺が入ってたホッケーのチームは他の学校のやつらもいっぱいいたし」

「ふうん」

「なんだろ、学校のシステムが日本とは全然違うんだよな。団体行動よりも、自分で考えて動く個人行動のほうが大事っていうか」

私は相槌を打ちながら、携帯の画面を自分でスクロールしていく。

バスケットゴールにぶら下がっている渡邊君のたくし上がったパーカから覗く小さなおへそ、大きなアイスで顔を隠しているトラヴィスのそばかす、ハンバーガーのつけあわせのポテトを鼻に突っ込もうとしている白人の男の子たちの手首に巻かれているアクセサリー。

「授業は全部選択式で、終わったら地元のクラブチームだろ？　なんか、そうしてると、学校に通ってるって感じじゃなくなるんだよな。掃除当番とか給食もないしさ、学校って場所じゃなくてもいいっていうか。それが結構はじめに受けたカルチャーショックだったかも」

最後まで消せなかった黒板。休んだクラスメイトの分のプリント。各校の過去問が揃っている資料室。

「日直とか、日誌とかもないの」

私は、写真のスクロールを止めた。

「ないよそんなの」

あるわけないじゃん、と、渡邊君が笑う。

「そもそもクラス単位で動くことがないんだから、日誌があったとしても書くことゼロ」

階段から上がってきた女性が、ドーナツの載ったトレイを手に持ったまま、きょろきょろと空席を探している。店内が混み合ってきたのかもしれない。

私は、渡邊君の肩にもたれるのをやめた。

「だよね」

私は、渡邊君の向かいの席に移ると、くっつけていた二つのテーブルを、拳一つ分ほど離す。離したほうのテーブルに置いてあった私の携帯を移動させると、空席を探していた女の人が軽く会釈をしながら、離したほうのテーブルにトレイを置いた。

【結果出た?】


私の携帯に薫ちゃんからのメッセージが届いたのは、そのときだった。

「結果?」

私の携帯の画面、そのど真ん中に現れた文字を、渡邊君も読み取ったらしい。

「……そろそろなんだよね、コンクールの結果わかるの」

私は、そこにあることをすっかり忘れていたドーナツのかけらを口に含む。かさかさに乾いたチョコレートは、あたたかい唾液の中でもなかなか溶けてくれない。

渡邊君が、一年間の留学から帰ってきた。つまり私がK高校音楽科に入学して、二年が経った。この四月から、私は三年生になる。

音楽科で過ごした二年間は、本当にあっという間だった。

音楽科の生徒は、専門授業として、音楽理論、ソルフェージュ、音楽史、演奏法、合唱・合奏などを、一・二年生は週に十一時間、三年生は十四時間学習する。さらに、二年生に進級するときには専攻コースの選択が行われ、そこから専攻実技の授業が増える。コースは三つあり――国公立・私立音楽大学、教育大学への進学を目指す演奏家コース。音楽を活かした将来の職業選択に向けて資格取得に必要な知識や技術を深める保育・幼児教育コース。作曲法や音作り、ＣＤ制作や音楽ビジネスについて学べるポピュラーミュージックコース――面談と簡単な試験により生徒たちは各コースに所属することになる。

「コンクールって、けっこう前に話してたやつ？　作曲の？」

「そう。その結果がそろそろ出るんだよね」

薫ちゃんに【まだだよ〜ん】とメッセージを飛ばすと、すぐに、【私もまだ。心臓に悪い】と返事が届く。すぐに既読のしるしが付くところから見ても、薫ちゃんも相当気持ちが逸っているみたいだ。自分が作ったものがどう評価されるか待っている時間がこんなに怖いだなんて、これまでの私たちは知らなかった。

演奏家コースの生徒たちは、全日本学生音楽コンクールのような、いわゆる音楽家にとっての登竜門といわれるコンクールに出場するため、毎日寝る間も惜しんで練習をしている。中でも地区予選、地区本選を勝ち抜き全国大会に出場するような生徒は、科を超えて名が知れ渡る校内の有名人となる。一方、他の二つのコースにはそのような生徒はいないし、教室の雰囲気も違う。特にポピュラーミュージックコースは作曲、編曲、ヴォーカルレッスンなど自分の好きなことを好きなように学べるため、緊張感のようなものがあまりない。ただ、保育・幼児教育コースほど将来が見えているわけでもないので、本当はしっかり存在している緊張感と向き合うことを後回しにしているだけなのかもしれない。

私は、保育・幼児教育コースとポピュラーミュージックコースの二択で散々悩んだ末、後者でいよいよ専門的に作曲を学ぶことを選択した。そして、選択したその瞬間、おそらく自分は今まで悩んでいる振りをしていただけだったのだろうと感じた。

「吉野さんも何か応募してんの？」

「そー。薫ちゃんはプログラミング系で、学生発明家コンテスト？　みたいなやつなんだけど」

薫ちゃんは、渡邊君の通うI高よりもさらにレベルの高い名門私立高校に合格した。その高校でも成績はトップクラスだというのだから驚きだ。物理部に入った薫ちゃんは、パソコン甲子園、プログラミングコンテストといったその世界では有名らしいコンテストに一年生のころから参加しているという。説明を聞いたところで詳しくはわからなかったけれど、『Over』のライブを見て以降、技術によって実現できるかもしれない『新しい可能性』を生み出したくて仕方がないらしい。

二年前に世界進出を果たした『Over』は、今はワールドツアーの真っただ中だ。アジア圏のライブハウスを回っただけでワールドツアーと名乗るような詐欺めいたものではなく、様々な国でアリーナクラスの会場を満員にする正真正銘のワールドツアー。はじめは『Over』の先進的な音楽性に批判的だった人たちも、今では掌を返したように「日本音楽界の希望」「ネオJ-POPの到達点」なんて、むしろ大げさに感じられるようなことを言っている。

「俺にも聴かせてほしいんだけどなー、雪子の作った曲」

「まだダーメ、恥ずかしいもん」

渡邊君がストローをくわえたまま、私のことを見る。体は私よりずっと大きいのに、こういう表情をされると、年下の弟みたいに見えるから不思議だ。

「なんかで入賞したら、ね」

「じゃあもう数日後か」

「だったらいいんだけどね」

私には、私にしか弾けない、私にしか作れない曲が必ずあります。その一曲をずっと探し求めている気持ちです――さあ曲を作ろうとピアノに向かうと、もう何年も前に読んだインタビューの中にあった光流ちゃんの言葉が蘇る。

ポピュラーミュージックコースに進級してから、私はひたすら曲を作り、音楽事務所などが行うコンペやコンテストに応募し続けている。毎回、私にしか弾けない、私にしか作れない曲を目指しているけれど、どうしてもどこかで聞いたことがあるような曲に落ち着いてしまうのが現状だ。正直、なかなか結果には結びつかない。

「でもさー、吉野さんには聴いてもらってんだろ?」

「うん」

「何で俺はダメなんだよー」

「薫ちゃんは特別なのー」

渡邊君の指がとことこと私のドーナツに迫ってくる。「それ私のっ」「俺も特別にしろよー」渡邊君は、あんまり噛まずによく食べる。だけど、全然太らない。

作った曲は、応募する前にすべて、薫ちゃんに聴いてもらっている。音楽科とは全く関係のない人のコメントが欲しいから、とか、それらしい理由は自分の中に用意してあるけれど、本当は、初めて作った曲を聴いてもらったときのことが忘れられないから、ただそれだけのことだ。あんなにも私の曲を褒めてくれた人は、後にも先にもいない。

それに、そうでもしないと薫ちゃんに会う機会がぐんと減ってしまう、ということも大きい。薫ちゃんは、小学校や中学校のころの友達と、全く会わない。私はたまに数人でカラオケや買い物に行ったりしているけれど、薫ちゃんはそういうことをしていないみたいだ。

「最近ね、ずっとスランプだったの」

量産されているポピュラーミュージックと変わらない、作者の個性やアイデンティティのようなものが感じられない——いくら曲を作っても、くだされる評価はそんなものばかりだった。私は、自分が光流ちゃんのような天才タイプではないことに早々と気づいた。とにかくたくさん音楽を聴いて、とにかくたくさん曲を書く、そういう地道な方法しか自分には残されていないことが、コンペに応募するようになって痛いほどわかった。

「でもね、今回の曲は、なかなかいいと思うんだよね」

カナダへ留学するというひとつの夢を叶えた渡邊君、どんどん私の知らない世界へと羽ばたいていく薫ちゃん、二人に負けたくないという気持ちは、私をこれまでになくやる気にさせた。私にしか鳴らせない音、私にしか作れない曲、毎日ピアノと睨み合いながら、私だけの音楽を追求し続けた。

そんな私の姿を、薫ちゃんはずっと見守っていてくれた。私が作る曲を、全部きちんと聴いてくれた。私も、薫ちゃんが何か難しいものを研究していることはよく知っていた。だからこそ、それぞれが応募したコンクールの結果がほぼ同時期に発表されるとわかったときは、神様がどこか素敵なところへ私たちを導いてくれているかのように感じられたのだ。

今回の曲は、自信がある。毎回曲を聴いてくれる薫ちゃんだって、なぜかはわからないけれど、「楽譜があれば見せてほしい」なんてことを言ってきた。フィールドは別々だけど、絶対に二人で一緒に結果を残したい。

「自信ありげだな。まあ俺は聴かせてもらえないからわかんないですけどねえ」

「ちょっと、スネないでよ」

「薫ちゃん薫ちゃんってさ、そりゃちょっとはスネるよ」

「なーに、もう」

「もう俺カバンに赤いお守り着けてやる」

渡邊君が、子どものように机に突っ伏す。「その話やめてえ」私はそう言いながら、かわいい形のつむじを突っつく。

「前、薫ちゃんの誕生日に手紙書いたーとか言ってただろ。俺だって手紙欲しかったのに」

むくっと、渡邊君が顔を起こす。

「えー？　手紙？」

「留学行く前に、手書きの手紙が欲しいって言ったのに」

「だって手紙だと時間かかるじゃん。どうやって送るのかもよくわかんなかったし」

「ひでえなあ」

私が、ごめんごめん、と渡邊君の頭を撫でようとしたそのときだった。

携帯の画面が、ぱっと光った。

「薫ちゃんじゃないですかー？」

渡邊君が唇を突き出す。「もう、ほら、スネないでって」かわいいつむじを掌で覆いながら、私は光の中心を人差し指で撫でた。

——2016年4月5日

カメラの向こう側で腕を組んでいる男性とアイコンタクトを取ったあと、その女性アナウンサーは私に向かってやさしく微笑んだ。

「吉野さんは、昔からのお友達の雪子さんから見て、どんな子どもでしたか？」

カメラのレンズが自分のほうを向いている。私は、「えっと」と自分で自分の声を確認しつつ、答える。

「小学生のころから仲良しなんですけど、そのころから薫ちゃんはやっぱりちょっと変わってい
て……」

隣に座っている薫ちゃんが、「ちょっとぉ」と照れくさそうに身をよじった。

「私は薫ちゃんのそんなところも好きで、はい、ずっと仲良くしています」

女性アナウンサーは、私が何を言っても、笑顔で何度も頷いてくれる。

「小学生のころから変わっていた、ということですが、何か具体的なエピソードはあったりしますか？　たとえば学校でこんなことがあったとか、おうちでこんなことがあったとか」

エピソード、と、口の中だけで繰り返す。すぐ近くにあるカメラのレンズと、それを抱えている男の人のことを意識すると、なんだか緊張してしまって上手に話せない。

薫ちゃんは、『全国学生発明家コンテスト』でグランプリを受賞した。ドーナツショップで薫ちゃんからの電話に出たとき、薫ちゃんは、その声を聞けばすぐに何かおめでたいことがあったとわかるくらい興奮していた。嬉しい、どうしよう、とパニックになっている薫ちゃんは、どこに触れても音が鳴る楽器みたいで、とてもかわいかった。

グランプリを獲った作品名は、『おうちでピアニスト』。薫ちゃんは、コンテストの公式ホームページに、ものすごくへたくそな笑顔の写真を載せられている。

薫ちゃんが、ピアノについての研究をしていたことを、私はそのホームページを見て初めて知った。

このコンテストを主催していた企業の他にも、薫ちゃんの発明に興味を持つ企業がたくさん名乗りを上げたらしい。それがインターネット上で話題となり、いよいよテレビ局がこうして薫ちゃんに取材に来るまでになったのだ。近々、夕方のニュース番組の中で、薫ちゃんの特集が放送されるという。

私は、テレビのカメラの前ではにかんでいる薫ちゃんを見つめる。小学校のころから胸が大きかったんです、なんてもちろん言えなかったけれど、今日も薫ちゃんの胸は高校の制服の繊維を突っ張らせている。

薫ちゃんは、ニュースで自分が特集されることが決まったとき、ユッコにも一緒にその特集に出てほしい、と連絡をくれた。私は、テレビに出るなんてやっぱり恥ずかしかったし、私が出なければならない理由がよくわからなかったので遠慮していたけれど、「ユッコに聞いてもらいたい話があるの」と電話で何度も頼まれてしまうと、変に遠慮して断るのも違うかな、と思い、出演することに決めた。

「ところで二人は、小さなころから、とあるバンドを応援してるんだよね？」

話題が変わって、ふと、女性アナウンサーの口調がくだけた。この話題を目の前にぶら下げれば、私たち高校生の緊張がほどけると思っているのだろう。

「そうです。Overというバンドが大好きで」

「二人でライブに行ったりしてました。ね」

薫ちゃんが、私のほうを見て頷く。中学三年生の夏、はじめて二人だけで観に行ったライブのことは、やっぱり今でも忘れられない。

「そうなんですか。ちなみに、吉野さん」

女性アナウンサーが、薫ちゃんのほうに体を向ける。

「今回の発明品は、そのOverのライブから着想を得たというのは本当ですか？」

え、と、私のほうが先に声を漏らしてしまった。

「そうなの？」

「うん」

問いかける私に、薫ちゃんが微笑み返す。「お友達はそのことを知らなかったんですね」女性アナウンサーの声が、私の耳を素通りしていく。

『おうちでピアニスト』は、曲Aのピアノの演奏からその演者の癖を読み取り、その癖を生かしながら曲Bでその演者らしい演奏を生成するというプログラミングソフトだ。たとえば私が「かえるのうた」を弾けば、その鍵盤の動きから私の演奏の癖を読み取り、私が弾いているかのような「チューリップ」を自動演奏できる、らしい。応募した段階ではそれこそ「かえるのうた」や「チューリップ」など簡単なものしか再現できる曲のレパートリーはなかったらしいが、土台としての仕組みが完成した今、レパートリーを増やせる可能性は無限にあるという。これまでの自動演奏システムを超えたクオリティの演奏ができるということで、特許を出願しすぐにでも商品化を、と鼻息を荒くしている企業がいくつもあるらしい。

「中学生のころ、ユッコと一緒に観に行ったOverのライブですごく素敵な演出があったんです。会場入口で撮影したお客さんの映像をもとに作った３Ｄのアバターを、モニター内のステージに上げてしまう、っていうやつなんですけど……私はそれがずっと忘れられなくって」

「どのあたりが忘れられなかったのですか？」

私が聞きたかったことを、女性アナウンサーが聞いてくれる。

「二つあるんですけど、一つは、土台となるデータさえあれば応用は無限にできるんだなってことです。会場入口で数秒間、そのお客さんのことを撮影しただけで、その人の『ライブを楽しんでいる姿』というものを作り出せてしまうことにびっくりして……Overの演出チームの人たちに話を聞かせてもらったんですけど、性別とか体格とか、そういうものを自動的に感知して、その人らしい『ライブを楽しんでいる姿』のデータをすぐに生み出すソフトを開発していたらしいんです。ほんのちょっとの情報からでも、その人らしさ、みたいな曖昧なものを作り出せてしまうんだなって、それってすごいことだなって」

薫ちゃんは興奮すると早口になる。薫ちゃんが早口になると、話を聞いている周りの人たちは、やけに優しい目をする。私はその目が、なんだか少し苦手だ。

これまでにも、自動演奏ピアノというものはあった。だけどそれは、単に鍵盤の上下運動を記録し、再生していただけにすぎない。だけど薫ちゃんの発明を活用すれば、癖やニュアンス、これまでデータ化できなかった微妙な「その人らしさ」――フォルティシモなど強く弾くところが豪快、テヌートで人よりも丁寧に一音を伸ばす、薬指と小指のトリルが少し滑り気味になる――までも盛り込んだ再生ができるようになるという。ある一曲分のデータでその癖を記憶させてしまえば、その人が弾いたことのない曲でも、その人が演奏したように再生できるのだ。

自動演奏ピアノはこれまでにもあったが、今回たったひとりの女子高生がその技術を飛躍的に進歩させた――コンテストの審査委員たちは、薫ちゃんの作品をそんな言葉で評していた。

「お友達の雪子さんは、一緒にライブを観ていて、吉野さんがそんなことを考えているってわかりましたか?」

私は、乾いた喉に唾を滑らせる。

「いやいやいや、全っ然わからなかったです」

そうですよねえ、そんなこと普通考えないですよねえ、と、女性アナウンサーが私に味方をするように言う。薫ちゃんのように考えられる人、と、薫ちゃんのようには考えられない人、の間に大きな溝を作りたくてたまらないらしい。

「それでは吉野さん、忘れられなかったもう一つのこととは何ですか?」

「それは」

薫ちゃんが、ちらりと私のことを見た。

「やっぱり、これまでできなかったことができるようになって、喜んでいる人がいて、っていう光景に、純粋に感動したんです」

私は、自分の脳みそだけが一瞬、あのライブの帰り道にワープしたような気がした。

「モニター上とはいえ、メンバーと同じステージでライブを楽しむなんて、これまでできなかったことじゃないですか。３Ｄ映像だとしても、メンバーのすぐ近くでライブを楽しめるようになってすごく喜んでる人の顔とか見て、いいなあって。これまでできなかったことができるようになるって、それだけでワクワクするなあって思ったんです」

二人で歩いた、アリーナからの帰り道。

あのとき口に出せなかった質問が、また、ずぶずぶと、自分の体の奥のほうにあるやわらかいところへと沈んでいく。

――自分の３Ｄ映像がメンバーに近づいて、ライブを一緒に楽しめるって、それって、嬉しいのかな?

女性アナウンサーも、男性カメラマンも、さっきからカメラの向こうでいろいろと指示を出している太った男の人も、皆、薫ちゃんの話に笑顔で頷いている。

「それに……やっと言える」

薫ちゃんは突然、私のほうに体を向けた。カメラがまた、ぐっと、こちらに寄る。

「私、ユッコの夢を叶える力になりたくて」

「夢？」

薫ちゃんの両目に、私が映っている。

「ユッコ、ずっと、Over の光流ちゃんみたいにピアノ弾けるようになりたいって言ってたよね？ あんなふうに弾けたらいいなって」

「う、うん」

確かに自分が言っていたことなのに、改めて他人の口を通して聞くと、なかなか恥ずかしい。

「音楽科に入って、ずっと努力してたの見てたから……私も少しは力になりたいって、本当にずっと思ってて」

薫ちゃんが恥ずかしそうに下を向く。女性アナウンサーは笑顔をキープしたまま、うんうんと無言で頷いている。

「この技術をどんどん発展させていけば、Over の光流ちゃんの癖とかニュアンスとか、そういうこともデータ化してコピーできるようになると思う。そうすれば、ユッコだって、光流ちゃんみたいに、ピアノ弾けるようになるんだよ」

早口でそう捲《まく》し立てる薫ちゃんは、私にだけ話しているようにも、私だけを除いた世界中の人間に話しているようにも見えた。

「うん」

私は一度だけ、頷く。

「ものすごく未来の話だけど、たとえば他の人の指の動きのデータを自分自身にインストールすることだってできるようになると思う。データをインストールした電極を指に着ければ、データのもととなった人と全く同じ動きでピアノが弾けるような時代が来るかもしれなくて、そしたら」

「難しい、言ってることが急に難しいよ薫ちゃん」

私の制止に、ははは、と、周りの大人たちが笑って同調する。薫ちゃんのようには考えられない人たち、の笑い声だ。「そういう話になると夢中になっちゃうんですねえ」女性アナウンサーが、唇を手で押さえている。

すみません、すみません、と子どもっぽく慌てたかと思うと、薫ちゃんは突然、

「つまりね、ユッコ」

と、小さく頭を下げた。

「こんな私と、ずっと、仲良くしてくれてありがとう……って、言いたかった」

薫ちゃんが、薫ちゃんらしくない表情で、薫ちゃんらしくないことを言っている。

「全然、そんな、ありがとうなんて変な感じ、やめてやめて」

私は、いま、自分も、私らしくない表情をしているのだろうと思った。

薫ちゃんは、高校で、孤立しているらしい——そんな噂は、私にも届いていた。小学校、中学校という時間を共有してきたかつてのクラスメイトたちは、たとえば意味がないといって体育の授業を全てサボる薫ちゃんのことを、最終的には受け入れてきた。長い時間をかけて、薫ちゃんという人の考え方をなんとなく理解していたからだ。だけど、高校一年生として、同じ中学出身の友達がいない状況でゼロから人間関係を築かなければならなくなったとき、薫ちゃんの独特な考え方は、クラスメイトの目にかなり特異に映ったらしい。

「ユッコ」

薫ちゃんが、少し、涙目になっている。

「今、ちょっとしたスランプだって言ってたよね」

「うん」

私は、目も喉も、乾いている。

「私、もっとユッコの力になれるように、いろいろ研究がんばろうと思う」

薫ちゃんは、今度こそ、まるで二人っきりで話しているかのように、つぶやいた。

「できないことがなくなっていくって、やっぱり、素敵なことだと思うから。私、ユッコに、夢、叶えてほしいから」

私は、うん、と小さく声を出しながら頷いた。そうだね、とか、ありがとう、とか、そういうことを言いたかったけれど、生まれかけた言葉たちは喉の壁に張り付いてそのまま動かなかった。

すぐそばにあるカメラのレンズ、黒くまっすぐに伸びているその姿が、巨大な黒鍵のようにも見える。

私は今すぐひとりの部屋でピアノを弾きたいと思った。私にしか鳴らせない音で、私にしか作れない曲を生み出したいと思った。

――2016年4月30日

テレビの画面がCMに切り替わった途端、渡邊君が、はあーっとわかりやすく息を吐く。

「なんか俺が緊張してるんだけど。けっこう長くね？」

空気が抜けていく風船のように、渡邊君の体がふにゃふにゃとやわらかくなっていく。なんだかんだ、知っている人がテレビに映っているという状況は、誰の体も緊張させてしまうらしい。

「思ったより長いよね。ていうか私テレビだとちょっと太って見えない？」

「〝テレビだと〟？」

「ん？　何かな？」

私は渡邊君のわき腹をくすぐる。「やめろっ」抵抗する渡邊君が、ソファのやわらかさの中に埋まっていく。

特集の放送日が決まった、と薫ちゃんから連絡がきたのは昨日のことだった。【明日の夕方らしいんだけど、ニュース番組って内容が変わることもあるらしいから、確定じゃないみたい】おととい撮ったのにもう放送するんだ、と驚いていると、続いて、こんなメッセージが届いた。【よかったらうちで一緒に観ない？】

放送予定日である五月三日は、連休中ということもあり、特に何か予定があるわけではなかった。いつもどおり、高校の課題をこなすか、ピアノを練習するか、曲を作るか、そのうちのどれかを自由に選べる状態だった。

「おっ、ＣＭ終わる」

渡邊君が、テレビのリモコンをカチカチと操る。音量が上がっていく。

私は結局、薫ちゃんの誘いを断った。渡邊君に連絡をしてみたら、ちょうど両親がどちらもおらず、部活も休みの日だというので、渡邊君の家のリビングで二人きり、肩を並べてテレビを観ている。

ごめん、その日出かけてて、と返信の文面を打ち込みながら、私は、どうして薫ちゃんと一緒に特集を観たくないのか、自分でも不思議に思っていた。

不思議に思う振りをしていた。

薫ちゃんへのインタビュー部分はもう終わったのか、ＣＭが明けると、スタジオにいる女性アナウンサーがはきはきとした口調で何かを説明し始めた。数日前、この人にインタビューされたはずなのに、テレビで観ると別人のように見える。

「天才高校生と言われている吉野薫さんのグランプリ受賞作品『おうちでピアニスト』、そのどこが評価されたのかと言うと」

感情、個性のデータ化。

スタジオに掲げられているスクリーンに、そんな文字が映る。

「これはどういうことですか？」

スーツ姿の男性キャスターが、スクリーンを指す女性アナウンサーに質問する。

「吉野さんのインタビューの中に、こんな言葉がありました」

女性アナウンサーが、「こちらです」と再びスクリーンを指す。そこには、薫ちゃんの発言が文字起こしされていた。

「『今後、データをインストールした電極を指に着ければデータのもととなった人と全く同じ動きでピアノが弾けるようになる時代が来るかもしれない』――これが具体的にどういうことなのか、ちょっとスタジオで実験してみましょう。電極の準備をお願い致します」

「電極？」

渡邊君が隣で呟く。

スタジオに、番組のスタッフと思われる人物が数人現れる。女性アナウンサー、男性キャスターそれぞれの顔に、複数の電極が着けられていく。

「このように、私と倉本キャスターの顔を電極で繫ぎます。この状態で私が笑顔になると……」

女性アナウンサーが笑顔を作る。すると、男性キャスターの顔も同じような顔になる。女性アナウンサーの顔に着けられている電極から、男性キャスターの顔に着けられている電極へと筋肉の動きが転送されているようだ。

「同様に、私が悲しい表情をすると……」

男性キャスターの顔も悲しい表情になる。「すごいですね」男性キャスターは悲しい表情のまま驚きのコメントを発している。電極から流れる電流によって強制的に顔の筋肉を動かされている状態なので、男性キャスターの顔はぴくぴく震えてもいる。

「私の顔の筋肉の動きが、この電極によって倉本キャスターにも伝わっているわけです。顔の筋肉の動きとして現れる感情や個性のコピー、とでも言いましょうか」

二人の顔から電極が外される。「すげえー何じゃこりゃ」渡邊君が、投げ出していた両脚を組んだ。

スクリーンに、何かしらのやりとりを表現しているような図式が表示される。データ化、インストール、配信、などの言葉が、矢印で繫がれている。

「この電極が、私の表情の動きをデータ化したものをインストールすることができるようになったとします。すると、その電極さえあれば、倉本キャスターはいつでもどこでも私の表情そのままに顔を動かすことができるようになる、というわけですね。つまり、将来的には、女優さんや俳優さんの演技をデータとして配信したり、私たちがダウンロードして実際にそのデータを使用したり、ということができるかもしれない、というわけです」

背もたれに預けられていたはずの渡邊君の背中が、いつの間にか背もたれから離れている。

「それはつまり、あの個性派女優さんにしかできない演技！ みたいなものが、電極を通して、私たちの体にもインストールできるようになるかもしれないってことですか」

男性キャスターの質問に、その通りです、と女性アナウンサーが答える。

「まさに吉野さんが話していた、できないことができるようになっていく、という現象ですよね」

スタジオにいる大人たちが皆、感心したように頷く。

「専門家によると、ピアノは特に『他人を完全にコピーする作業』を行いやすい媒体だそうです。たとえば先ほど実践した表情のコピーですが、表情だと、喜怒哀楽以外にも何通りといえないくらいのバリエーションがありますよね。同じく、たとえば人の歌声をコピーしようとしたところで、やはり音階を真似しただけでは完全なコピーとは言えません。声だと、シとドの間の音、のように、いわゆるその人のニュアンスとしか言いようのない、音符として表現できないものも出てくるからです」

なるほど、と、男性キャスターが頷いている。男の真剣な表情を観ながら、私は思う。

この男は、今説明されていることがどういう意味を持つのか本当にわかっているのだろうか。

「ところがピアノの場合、誰がどう弾いてもシとドの間の音を演奏することはできません。出せる音の数がはっきりと決まっている分、強弱やテンポなどのニュアンスさえ真似ることができれば、演奏を完全にコピーすることができるかもしれないというわけですね」

「誰でも有名なピアニストのように弾けるようになるなんて、素晴らしいですね。まさに未来だ」

スタジオのスクリーンが映し出す画像が、少しうつむき気味でインタビューに答える薫ちゃんの横顔、その静止画に差し替わる。そんな薫ちゃんを背景に、女性アナウンサーが今日一番の滑舌で話す。

「今回吉野さんがピアノという楽器に焦点を当てたのは、発明家としての先見の明の表れかもしれません」

薫ちゃんの大きな胸の下には、『これまでできなかったことができるようになるって、それだけでワクワクする——高校生発明家・吉野薫さん（17）』というテロップがある。

「吉野さんはコンテストを主催した企業と提携して、今後も高校生活と研究活動を両立していかれるということです」

「将来有望な若者、楽しみですね。それでは次のニュースです」

特集が終わった。間髪入れずに、私たちの知らない町で起きた連続通り魔事件の続報が伝えられる。

「ちょっと、雪子」

ふふ、と、隣にいる渡邊君が笑う。

「前のめりになりすぎだろ」

「え？」

前のめりになっているのは、背もたれから起き上がり、足を組んでいる渡邊君のはずだった。いつの間にか、渡邊君よりもずっと、私のほうがテレビの画面に近いところにいる。

「電極のあたりとかよくわかんなかったけど、なんかすごいことになってんだなー」

感情のコピーとかマジ未来、と、渡邊君がもう一度、やわらかいソファへと全身を預ける。長い手足を折りたたんでソファの中に納まっている渡邊君は、自宅だからか、かなりリラックスしている。

「あの電極のやつ、俺がカナダでホッケーやる前に実用化されてればよかったのに」

私は、唾を飲み込む。

「……なんで？」

だってさあ、と、渡邊君があくびをする。

「体格差とかはどうにもならないけど、うまい選手のデータをインストールした電極？　着ければ、もうちょっとチームの役に立てたかもしれないだろ」

――これまでできなかったことができるようになるって、それだけでワクワクする。

ほんとうに、そうなのか。

「ねえ」

「でも」

渡邊君は、私が声を発したことに気づかずに、言った。

「それだと意味ないか」

渡邊君は、あくびによって滲み出た涙を、手の甲で拭った。

「そんなふうにうまくいかないから、おもしろいんだろうしなー」

私は、渡邊君のいるほうに、手を伸ばした。

今聞いた言葉を発した人に、触れたいと思った。

私の指が、渡邊君の手の中にあるリモコンに辿り着く。

「どした?」

渡邊君は、手を握られたと思ったのかもしれない。リモコンを探る私の指に、あまり男っぽくはない細くて長い指が絡んでくる。

「んー?」

「どうしたんだよー?」

体が触れあうと、語尾が伸びる。なぜか、言葉の最後のほうが、紅茶に落とした角砂糖みたいに溶けてしまう。

そんなふうになってしまうのは、渡邊君の体に触れたときだけだ。

こんな反応までも、電極ひとつで、簡単にコピーされてしまうのだろうか。

私の指が、冷たさと硬さに辿り着く。リモコンだ。

「大丈夫かー？」

耳元で、渡邊君の低い声が響く。

私はテレビの電源ボタンを押した。真っ暗になったテレビ画面に、巨大な獣のあたたかい舌のようなソファと、その舌に呑み込まれている最中にも見える二人の姿が映る。

「大丈夫」

私は、そのまま、渡邊君の薄い体にもたれかかった。

薫ちゃんが発明コンテストでグランプリを受賞したことがわかった日、私は、自信があった作曲コンクールで、自分の作品が箸にも棒にもかからなかったことを知った。グランプリはおろか、その他の小さな賞にも、私の曲は選ばれていなかった。

オリジナリティを。アイデンティティを。耳に心地よいだけでなく、あなたにしか書けない曲を――落選者にも一応もらえる選評には、もういやになるほど言われてきたような言葉が前ならえの姿勢で整列していた。

そんな言葉たちの頭を、さっき聞いた男性キャスターの声がやさしく撫でていく。

誰でも有名なピアニストのように弾けるようになるなんて、素晴らしいですね。

「渡邊君」

今日は、渡邊君の両親は、外出をしている。二人で、趣味である登山に出かけているらしい。

「ん？」

渡邊君が、上体を少しだけ起こす。すると、お腹のあたりの筋肉が少し硬くなった。

「どした」

私は、渡邊君の体にもたれかかる。私の手、胸、腹、足とは全然違う形をしている渡邊君の手、胸、腹、足。それでもどうにか、きちんと重なる。体のどこかが重なるたびに、私の頭の中に蓄積されていた薫ちゃんの言葉たちが、ことり、ことり、とひとかけらずつ崩落していく。


——その人じゃなきゃできないとか、そういうのって意味あるのかな。

——これまでできなかったことができるようになるって、それだけでワクワクするなあって思ったんです。


「私、渡邊君じゃないと、こんなことできない」

「ん？　んー？」

照れくさいのか、恥ずかしいのか、渡邊君は変な顔をしながら変な声を出している。

「……渡邊君も、そうだといいなと思って」

何を伝えたいのか、きちんと言葉にできない。

だけど、だからこそ、私は渡邊君に対して伝えたいことがとんでもなくたくさんあるのだとわかる。それくらいの気持ちが、他の誰も持ち合わせているわけないと思えるほどの気持ちが、胸の中で波打っていることがわかる。

私が、他の誰でもない私なのだということ。何億の電極を着けられたって、真似したり、データ化してコピーして配信してインストールしたりなんかできないはずの、私。

「いて」

渡邊君が、私の下でごそごそ動いた。「どしたのー？」今度は私がそう訊く番だ。体が触れている面積と、私の声の甘さはわかりやすく比例する。

「腰痛いんだよ」

「腰？」

「ホッケーってよく腰痛めるんだって。ずっと氷の上で体のバランス保ってるから、実は結構負担かかってるっぽい」

よいしょ、よいしょ、と、渡邊君は、腰が痛まない姿勢を探している。そのたび、私の下にある体が動いて、どこかの筋肉が硬くなったり、へこんだりする。

私は、その動きを、全て知りたい。そして、その気持ちと同時に抱く、全てを知ることはできないという諦めに、胸が圧し潰されそうになる。

「くすぐったいっつうの」

私に体を触られながら、渡邊君が小さく笑う。背中にまわるてのひらは、私のそれと大きさも形も温度も何もかもが違う。その違いが、愛しい。

渡邊君のことを思うと、渡邊君の体に触れると、私は、私が他の誰でもない私だということを強く感じる。思ったその瞬間から、触ったその指先から、渡邊君に伝えたいことが胸の真ん中まで少しずつ伝染していって、その中身がなんなのかはきちんとはわからなくても、それが他の誰の胸にも抱かれていないものだということはわかるから。そして、渡邊君に触れられると、渡邊君が、他の誰でもない渡邊君なのだということを強く感じる。それは、あらゆる部分の形が、私とは全く違うから。背の高さや声の低さや、そういう体にはっきりと表れる変化とその速度、骨の位置や体温の波が、重なったようにも見える心の形が、他の誰とも全然違うから。

違うから、愛しい。違うから、全部知りたくなる。

「なんか今日、積極的じゃね」

「そうかな」

「そうだよ」

渡邊君は、私を上に乗せたまま、私のことを触る。

「俺は嬉しいけど」

渡邊君は、私の頭を撫でたり、キスをしたりする。そして、私の体のどこかに、渡邊君のどこかが触れるたび、私の体は反応する。私がそうしようと思ったわけではないのに、肌の表面がサアッと粟だったり、全身を均等に流れているはずの血液に斑が生まれるような感覚が湧いたりする。私が自分自身ではコントロールできない部分を、渡邊君が探り当ててくれる。

私も同じように、渡邊君のことを探り当てようとする。体のどこを触ったら、どこがどういうふうに反応するのか。どこをどう触れば、本人の意思とは関係のないところで、渡邊君を象《かたど》っているあらゆる部分が動き出すのか。まだ、全然、わからない。わからないから、ものすごく知りたい。

電極で繋いだって、何をどうしたってわからないことこそ、私は知りたい。

二つの口から、息が漏れ始める。お互いの体を触っていると、新しい発見にたくさん出会う。そのうち、自分だけの力では出せないような、自分では聞いたことのないような声が溢れ出てくる。

こんな息や、声は、自分で自分の体を触ったところで、生み出すことができない。自分自身では制御することのできない揺らぎを引き起こしてくれるのは、いつだって、心の中身も体の形も違う、自分ではない誰かなのだ。

私は、渡邊君に体を触られるたび、自分の意思に反して体が反応するたび、そう痛感する。私たちにはできないことがある、だから、私たちは別々の人間なんだと。そして、別々の人間だからこそ、体も心も重ね合わせたくなるんだと。

渡邊君が着ている服が、渡邊君の肌の熱さとほとんど同じになる。私たちは、もうひとつの皮膚みたいになった服を、少しずつ剝いていく。

自分自身だけでは把握できない部分を探り合うことができるのは、お互いが違う人間だから。そう思うと、私と渡邊君が別々の人間であることが、ものすごく素晴らしいことのように感じられる。お互いのすべてを理解し合うことなんて一生できないことを、お互いのすべてを知り尽くしてしまうことなんて一生できないことを、奇跡のようにありがたく感じる。

渡邊君が、体勢を変えた。いつのまにか、渡邊君が、ソファに埋もれる私を覆うようにしている。

仰向けになった私は、天を見上げる。すると、私ではない、私とは全く別の人間と、目が合った。

頭の中で、ピアノが鳴る。ピアノの裏で、声が鳴る。

誰でも有名なピアニストのように弾けるようになるなんて、素晴らしいですね。

素晴らしくない。できないことがなくなって、誰もが同じようになるなんて、全く素晴らしくない。どうして皆、そのことがわからないんだろう。

私ではない全く別の人間の顔が、指が、降ってくる。それだけで、自分自身ではコントロールすることができない愛しさがどぼんどぼんと沸騰する。

なっちゃんと仲直りすること、黒板を上の方まで消すこと、森下先生の読みにくい手書きの数字、プール以外の競技を学ぶ体育の授業、休みの日にわざわざ学校まで行って資料室で過去問を借りること、ライブ会場で長時間並んで手に入れる限定グッズ、全国に一店舗しかないポップコーン専門店、光流ちゃんのようになりたい私が飽きもせず繰り返しているピアノの練習。薫ちゃんの手によって削ぎ落とされてきた無駄なこと、意味がないこと、その人じゃないと、その場所じゃないとできないこと。私は今、落ちて粉々になったそれらの破片の上で、渡邊君とお互いの体を探り合っているような気がした。なぜだか無性に、そんな気がした。

頭の中で、ピアノが鳴り続ける。

いくら練習し続けていてもそのようには弾けない、光流ちゃんの曲が鳴り続ける。

できないことができるようになっていくなんて、もちろんワクワクする。世の中はどんどん便利になっていくし、目標の達成に費やす時間や手間だって大幅に省ける。だけど、だからといって、これは意味がないから、これは無駄だから、とあらゆるものを削ぎ落としていったら、そこに残るのは、誰にとっても必要なもの、誰にとっても意味があること、それだけだ。たったそれだけを身に付けた私たちは、確かにあらゆることが無駄なく遂行できるようになっているかもしれないけれど、きっと、心も体も同じ形をしている。

そうなると、重なり合ったところで、何の発見も、影響も、与え合うことができない。自分自身では引き起こせない感情の揺らぎに、出会うことができない。

ピアノの音が鳴る。渡邊君が私に触れるたびに、鳴る。

誰のようにも弾けないから、私はピアノを弾きたい。

誰のような曲も作れないから、私は曲を作りたい。

誰と同じにもなれないから、私は誰かの何かを探り当てたい。

その往復運動の中でのみ、私は、私だけができることに出会うことができて、私が私であることを知ることができる。

渡邊君のてのひらが、私の胸を覆う。まるで、私というたったひとつの形を整えてくれているように。

薫ちゃんは胸が大きかったな――私はぼんやり思った。小学生のころから胸が大きかった薫ちゃんは、そのシルエットだけで、たとえ全校生徒がずらりと整列していたとしても、その人が薫ちゃんだと判断することができた。私の胸は、高校三年生になった今でも、期待通りに膨らんでくれていない。

薫ちゃんは、薫ちゃんだけが持つその胸の形で、どうにもコントロールできない気持ちが引き起こされる人がいることを知っているのだろうか。

そして、その胸の形に誰かが触れたとき、自分ではコントロールできない気持ちが自分の中に生まれることを、知っているのだろうか。知るつもりがあるのだろうか。

それこそが、薫ちゃんを薫ちゃんたらしめている一部分を形成しているかもしれないことを、知っているのだろうか。知るつもりがあるのだろうか。想像すらしていないのだろうか。

雨のように降るピアノの音の中で、私は、思考の端々がゆらゆらと溶けていくのを感じた。その日、私と渡邊君は初めて、最後までした。

――2016年5月3日

花嫁姿の薫ちゃんは、きっと本人が思っているよりも、ずっとずっときれいだ。

「おめでとう、薫」

薫ちゃんの仕事仲間が、新郎新婦が座っているメインテーブルを囲んでいる。そのテーブルを飾る花の向こうで、薫ちゃんは控えめにピースサインを作っている。新郎は案の定、学生時代の友人らしきグループからビールを注がれており、抵抗しながらもどうにか飲み干している。フィクションでも現実でもよく見る平和な光景だ。

小柄な薫ちゃんと、めがねをかけた真面目そうな旦那さん。旦那さんは完全にタキシードに着られていて、それだけで誠実そうな人柄が伝わってくる。私は、すっかり冷めたパンを一口大に千切り、バターナイフでバターを削った。お腹が空いているわけではないけれど、ただただ椅子に座っているだけというのは手持無沙汰が過ぎる。

結婚することになった、という報告と、結婚式の日付の連絡と、そこで流す音楽の制作と友人代表のスピーチをしてほしいというお願いは、同時だった。久しぶりにランチでも、なんて薫ちゃんにしては珍しい誘いだと思ってはいたけれど、食後のコーヒーを飲みながら差し出された本題は、驚きという言葉では到底表しきれなかった。

四年制大学を出ていれば社会人二年目、二十四歳での結婚は、特段早いものではないのかもしれない。だけど、上京して六年目、身近にいる同年代はやはり圧倒的に独身が多い。というよりも、年齢のことなどを差し引いても、薫ちゃんが結婚するなんて全く想像していなかった。

「雪子ちゃん、新しいパンもらう?」

式場に流れている音楽が三拍子のリズムのワルツに変わったころ、薫ちゃんのお母さんが声をかけてくれた。向かいに座っているお母さんは、紫色の着物姿がとてもよく似合っている。

「あ、いえ、大丈夫です、気にかけていただいてすみません」

「大丈夫? いらない?」

「はい、大丈夫です、ありがとうございます」

私はなぜか、薫ちゃんの両親がいるテーブルに座らせてもらっている。どうやら、薫ちゃんの家族は親戚が少ないらしい。父方、母方それぞれの両親は、薫ちゃんが学生のうちに亡くなってしまっているようだ。小学校からの友人ということで特別に親族席に座らせてもらっているのかもしれないけれど、薫ちゃんの両親と、薫ちゃんのお父さんのお兄さん(少し前に離婚して、今は独身らしい)との四人席というのは、さすがに少々居心地が悪かった。

「雪子ちゃんにはいい人いるの?」

薫ちゃんのお母さんが、お父さんにお酒を注ぎながらそう聞いてくる。お父さんは、ビールから早々と日本酒に切り替えたみたいだ。

「そうですね、一応、長く付き合っている彼氏がいます」

顔ではやわらかくほほ笑んだけれど、胸の隅のほうがちくりと痛む。

「へえ。もうご両親にも紹介してるとか？」

「紹介というほどしっかりは……お互いの親に会ったことはありますね。学生時代からの付き合いなので」

「へーっ、いいねいいね、真っ当な付き合いだ。うちは本当にいきなりだったから……びっくりしたんだよねえ、お父さん」

赤ら顔のお父さんが、「まあな」と呟きながら日本酒を啜っている。ご両親にとっても、薫ちゃんの結婚は青天の霹靂《へきれき》だったらしい。

「雪子ちゃんはその人と結婚するの？」

結婚。

女の人の声で聴いたのに、その言葉はなぜか、渡邊君の低い声で再生された。

「あ、そういえば」

私は、膝の上のナプキンで、パンを千切った指を拭く。

「お母さまのほうは会ったことありますよ、私の彼氏。もうずいっぶん前ですけど」

「え？　そうなの」

薫ちゃんのお母さんがぱっと目を見開く。

「さすがに覚えていらっしゃらないと思うんですけど、小学生のとき風邪で学校を休んだ薫ちゃんちにプリントを届けに行って……そのとき一緒にいた男の子です」

「へえー！」

さすがに覚えていないようだが、薫ちゃんのお母さんは話を合わせてくれている。

「てことは、もう、十何年もその人とお付き合いしてるってこと？　そんなことある？」

「あ、でも付き合い始めたのは高校生のころなので……でももう八年？　とかですかね」

「理想のパターンだ、素敵。よっぽど相性がいいのね」

素敵、素敵、と薫ちゃんのお母さんはやけに喜んでいる。

「そうかもしれないですね。性格とか価値観とか、そういうのはやっぱ合ってるのかなって。むしろそれだけでだらだら一緒にいるようなものですね、もう」

「そういうのがいいのよねえ、心の深いところで繋がってるっていうか」

ねえ、と、薫ちゃんのお母さんがお父さんに同意を求める。「だなあ」お父さんはちびちびと日本酒を飲み続けている。高校生のときから恋人が替わっていないという話は、特に上の世代の人たちにやたらとウケがいい。

「うちはほんとにいきなりで、どこで出会ったかとか聞いてもよくわからないことを言うし……

困っちゃったのよ、ほんとに」

お母さんが一口、水を飲む。乾杯のビールもほんの少ししか飲んでいなかったし、今日はお酒を控えているのかもしれない。

「懐かしいね。昔はわざわざ学校のプリントとか家まで届けなきゃいけなかったのよね」

「そうそう、そうなんです。確かタブレット教材が届いた日とかで薫ちゃんがすごくテンション高くて、風邪で休んでたなんてウソみたいに元気で」

「ああ」

何か思い出したことがあるのか、薫ちゃんの御両親の表情がどちらも、ふっと和らいだ。

「あれがあってよかったよな」

お父さんが、ぽつりと呟く。

「学校にあんまり行きたがらなかった時期もあったから。でもあれのおかげで、行きたい大学にも合格できた」

薫ちゃんのお母さんが、目を細めて、メインテーブルのほうを見つめている。薫ちゃんが、仕事仲間の人たちと顔を寄せ合い、カメラのレンズに向かってピースをしている。

「そうだ、今のうちに皆さんに御挨拶してまわらないと」

式はもう終盤に差し掛かっている。おそらくこの次は、披露宴を締めくくる最後のセクションに入るはずだ。「ほら、お父さんも行きますよ」薫ちゃんの両親が、慌ただしく席を立つ。薫ちゃんはここ最近ずっと式の準備で忙しそうだったけれど、新婦の親族もなかなか忙しそうだ。

また、式場に流れている曲が変わる。歓談の時間にふさわしいように、と作った、少々テンポの早い、ピアノとフルートの軽やかな曲だ。

テーブルには、私と、薫ちゃんの伯父さんだけが残される。

「……あの、学校の先生をされてるんですよね？」

私は、薫ちゃんから聞いていた伯父さんの情報を、頭の中から必死に掘り起こす。

「そうです。だから先程の話、懐かしいなと思いながら聞いてましたよ」

この人は、私と面識がないはずだ。「懐かしい？」思わず聞き返す。

「プリントを家まで届けるなんて今ではありえないですから。ちょっと前までは確かにそうだったなと思いまして」

「ああ、そうですよね」

「今はもう時間割や学校からのお知らせは、タブレットで配信してしまいますから」

文部科学省は、二十一世紀にふさわしい学校の教育環境を整備するため、二〇二〇年までに小中学校の生徒ひとりにつき一台のタブレットを導入することを目標としていた。その目標と比べて少し遅れはしたものの、一年ほど前、小中学校の無線ＬＡＮ整備率百パーセント化が実現されたときは大きなニュースになった。

「ですよね。タブレットなんて私たちのころにはなかったから、驚きです」

「今はもうあれひとつでなんでもできますからね」

私は、流れている曲を聴きながら答える。この曲だって、パソコンひとつで作った。音源作成ソフトを手に入れさえすれば、たとえ十種類以上の楽器の音が重なるようなオーケストラの音源だって、たったひとりで作ることができる。

「教科書も全部そのタブレットに入ってますから。生徒たちの忘れ物もなくなって、僕らとしては本当に仕事しやすくなりましたね。慣れるまでは大変でしたけど」

もう歳なもので、と笑う伯父さんの目じりには、深い皺が刻まれている。おそらくもうそろそろ定年を迎える年齢のはずだ。

「……黒板も電子化されてるんですよね、今の学校は」

「そうですね」

伯父さんは膝の上のナプキンを折りたたみ、テーブルの上に置いた。

「特に私の勤め先は実験対象校だったので、他のところより早かったんですよ。もう三年くらい前かな？　ああいうのは子どものほうが慣れるのが早いですね」

「そうですか」

「タブレットが主流になってからは、ランドセルなんて誰も使わなくなりましたからね。私たちの知っている学校じゃないみたいですよ」

会話をつなぎながら、私は、人の吐息のようなフルートの音色が、ピアノの音符ひとつひとつを繋ぐように耳をすませた。これは確か、期日ぎりぎりに完成した曲だ。

東京の片隅の、狭い、楽器なんてひとつも置けないアパートで、ひとりでパソコンに向かって打ち込んだ曲だ。

ワンルームのアパートでひとり、パソコンで音を打ち込みながら、窓越しに明けていく空を見ていると、私はなぜだか、台風が近づいていたあの通学路を思い出す。

自分では弾けない楽器の音を自由自在に再現していると、なぜだか自分ではどうしても消せなかった、黒板の一番上の部分を、そこに書かれていた森下先生のへたくそな数字の形を思い出す。

「あの」

「あの」

私が口に出した言葉と全く同じ言葉が、背後からもやってきた。

振り返ると、「お話し中すみません」と私に向かってほほ笑む集団があった。この式の演出を担当している、薫ちゃんの仕事仲間だ。

「初めまして、『team ERA』の小酒井です」

男女それぞれ二人ずつ、四人がきれいに横に並んでいる。「原です」「金子です」「宇田川です」

私もぺこりと頭を下げる。「香山雪子です、初めまして」

薫ちゃんは大学を卒業したあと大学院に進学し、そこで出会った仲間たちと会社を立ち上げた。来年社会人になるはずだけれど、このまま立ち上げた企業で働くと聞いている。

薫ちゃんが代表を務める『team ERA』は、今、様々な雑誌やテレビ番組で取り上げられている新進気鋭のチームだ。公式ホームページによると、【アート・デザイン・エンジニアリングの三位一体であらゆる「新時代」を企画・提供】することが主な活動内容らしい。【プログラミングをベースに広告プロモーションやインタラクティブアートなどジャンルを問わず作品を製作する】と謳っているが、実際、仕事をオファーしてくる企業は様々なフィールドに及ぶという。近々、若者に絶大な人気を誇るアニメイベントの演出を担当することが決まり、とても忙しそうなのが傍目《はため》でも伝わってくる。

「あの、スピーチ、とってもよかったです。感動しちゃいました」

小酒井と名乗った女性がふんわりとほほ笑みかけてくる。こうして見るとどこにでもいる同世代の女性に見えるけれど、普段は薫ちゃんと一緒に、私には到底理解できないような研究を進めている人なのだ。本当に人は見かけによらない。

「ありがとうございます。入口のあれ、すごいですね。びっくりしました」

「いえいえ、そんな」

会場の入口には、ウェルカムボードの代わりに、シンプルな格好をした薫ちゃんと旦那さんが映し出されている大きなスクリーンが設置されていた。来場者は、指定されたカードにメッセージを書き込むことになっており、そのカードをある機械で読み取ると、カードに書かれていたメッセージがスクリーン上の二人に降り注ぐ仕掛けになっていた。二人を包むメッセージが増えるごとに、二人の服装も新郎新婦のそれに近づいていく。

そして驚きだったのが、カードで読み込まれたメッセージが、真っ白な式場のあらゆるところにも映し出されていたことだ。式場全体を寄せ書きの色紙に見たてたような演出に、列席者は皆感動していた。

「ぶっちゃけ、準備は大変だったんですよ」

そうボヤく男性を、小酒井さんが「そういうこと言わないの」とたしなめる。いつもの関係性が垣間見えるやりとりに、場が和む。

私だけ座っているのもなんなので、椅子を引き、彼女たちのように立ち上がった。何か話したいことがあってここまで来てくれたのかと思ったが、これといった話題はないのか、どこか摑みどころのない沈黙が流れる。私は、なんとなく、自分の全身をじっくりと観察されているような気がした。

「……えーっと、どうかされましたか？」

「あ、すみません」小酒井さんがまた、微笑む。「いや、実は私たち、吉野の地元の友達に初めて会うので。ちょっとびっくりしてるっていうか……吉野に、こういうところに呼ぶような同級生がいたんだなって」

『team ERA』の人たちは、「ねえ」と顔を見合わせて笑っている。その中に、意地の悪いニュアンスはない。

「なんとなく、おっしゃりたいことはわかります」

「ですよね。吉野ってなんていうかほんとに合理主義者だから」と、小酒井さん。

「ここ最近ずっと独自の研究も進めてて、ますます付き合い悪くて。私には時間がないの、とか言っちゃって」

さっきボヤいたことを突っ込まれていた男性が、間に薫ちゃんの物真似を織り交ぜながら意気揚々と話す。

「独自の研究？　薫ちゃんがですか？」

「そうなんすよ、しかもその内容、俺らにも絶対教えてくれないんすよ」

「時間がない、とも言ってるんですか？」

「最近言ってますよ。よくわかんないですけど」

ていうか薫ちゃんって呼ぶんですねえ、と、その男性は予想外のところでテンションを上げている。私は適当に会話を繋げながら、ピアノとフルートの音が降り注ぐ式場を見渡した。

仕事仲間や、仕事を通じて出会ったらしき人たちが、たくさん招待されている。ちらほら、テレビや雑誌で見たことがあるような人もいる。

だけど、小中高大通して、式に呼ばれている「友人」は、私だけだ。

「『team ERA』本当にすごいですよね。これから皆さんがどんなお仕事をされるのか楽しみです」

会話を切り上げるような気持ちでそう言ったとき、「そういえば」と小酒井さんが私を見た。

「香山さんは、お仕事、何をされているんですか？」

「えーっと……」

私は、少し迷った末、人差し指で空を指した。

「こういうの、作ったりとか」

「え？　……もしかして、今流れてる音楽ですか？」

小酒井さんをはじめ、『team ERA』の人たちが一様に驚いた表情を見せる。「すげえ、作曲家⁉」ボヤき担当の男性が、自分の役目はこれだと言わんばかりにおおげさに驚いてくれる。

「でも全然駆け出しで。バイトしないと食べていけないんですけど」

思わず大きく出てしまった自分を、私は慌てて修正する。

「素敵です。今日流れてる曲なんだろうねって皆で言ってたんですよ、知らない曲ばっかりだから、式場が用意した専用ＣＤなのかなとか」

「そんな風に言ってもらえてうれしいです。でもほんと、まだコンペとかずっと出してるレベルなので」

「いや、でもすごいですよ。この時代、やっぱりゼロから何かを作る人が最後まで残るわけですし」

小酒井さんの真剣な表情に、一瞬、目が奪われてしまう。

「……いやいや、ほんとそんな」

音楽の仕事をしている、と言うと、決まって「すごいね」というような反応をされるが、同時に、縮小していくフィールドで今後何十年と食っていけるのか、という問いかけが相手の表情に滲み出ることも多い。確かにCDで利益を出す方法にはもうほぼ誰も期待していないし、配信で売れているのも音声合成技術によって生まれた電子音で歌われている作品ばかりだ。生演奏、生歌、そんなものは局地的にしか求められていない。

だけど、それでも、曲を作る人は絶対にいなくならない——その一点にどうにかしがみついていると、自分の心と体の重さがよくわかる。

「でも、何だか納得しました」

小酒井さんが、ふっと表情を和らげる。

「香山さんも、ただの友達っていうよりは、吉野に刺激を与えるような人なんですね。吉野ってほんとに非情だから、ただクラスが同じだっただけみたいな友達は意味がないとか平気で言ってて……私たちは慣れましたけど、大学院でもはじめはちょっと浮いてたりして」

浮いてた浮いてた、と男性がボヤいたところで、式場に流れている曲が変わった。

「あ……」

これまでとは打って変わって、スローテンポのバラード。薫ちゃんが好きだと言っていた曲のエッセンスを、これでもかと詰め込んだメロディラインだ。

「すごい。これ、とってもいい曲ですね」

そう言う小酒井さんに、「ありがとうございます」と微笑み返す。

「それでは皆さん、そろそろお席にお戻りください」

司会者がアナウンスを始めた。「それじゃあまた」『team ERA』の面々が自分のテーブルへと帰っていき、入れ替わるように、薫ちゃんの両親がテーブルに戻ってくる。

「楽しい時間はあっという間です。この華やかなパーティの最後を彩るのは、新婦から御両親への感謝の手紙です」

その途端、式場全体に、薫ちゃんと旦那さんの家族写真がちりばめられた。わあ、と歓声が上がる中、私が作ったバラードに合わせて、薫ちゃんが本当にわずかに体を横に揺らしている。

——2022年6月18日

「意外だったよ、薫ちゃんが結婚式やるって」

「え？　そう？」

友人代表スピーチと、音楽を作ってくれたことへのお礼がしたい——薫ちゃんからそう連絡がきたのは、式の翌日だった。結局二人の予定が合うまで少し日にちがかかってしまったけれど、式の記憶はまだ鮮明に残っている。

「そういうの嫌いそうじゃん。今までの薫ちゃんだったら、式なんてお金と時間の無駄、とか言いそうなのに」

　薫ちゃんも大学進学を機に上京しているため、今は二人とも都内で一人暮らしをしている。と言っても薫ちゃんは『team ERA』のオフィスに寝泊まりすることも多いらしく、ほとんど家には帰っていないそうだ。

「確かに挙式自体は特に意味ないと思ってるけど」

　薫ちゃんはくるくると器用にパスタを巻く。

「ああやって業界の人たちを一か所に集めるタイミングもなかなかないからさ。まとめて会わせるチャンスだなと思って」

「ふうん」私もくるくるフォークをまわす。

「いろんな相手と仕事してると、あの人紹介してほしいみたいな話が行き交うんだけど、一個一個いちいちセッティングするのも面倒だから。ああいう場所で集めちゃえば効率いいでしょ」

　それに、と、薫ちゃんはパスタを咀嚼する。

「ああいう結婚式系のイベント演出の仕事も増やしていこうって話しててさ。式でやった演出は営業活動みたいなもんだよ。実際あのあと式場から問い合わせあって、契約してもらえるかもなんだ」

　薫ちゃんが指定してくれたお店は、交通の便がいいところにあるのにお昼時でもそんなに混んでいなかった。仕事の打ち合わせなどでよく使うらしい。

「ねえねえ、式の準備ってやっぱ大変だった？　その段階でケンカするカップル多いって聞くけど」

「大変だったのはあの演出のシステム構築くらいかなあ。なに、渡邉君との結婚、考えてんの？」

「そんなんじゃないけど」

ほんとにそれどころじゃない、と、私は心の中で付け足す。

「でも、思ったよりラクだったよ」

薫ちゃんはこともなげに言う。

「誰かをもてなすパーティとかだったらいろいろ考えなきゃいけないこと多いから大変だろうけど、結婚式って自分が主役かつ主催者なわけだし。招待客から料理から締めるタイミングまで全部こっちがコントロールできるから、比較的ラクだよね」

コントロール。

「なるほど、そっか」

パスタソースに入っている大蒜《にんにく》の粒が、コントロール、という言葉と一緒に、奥歯の間に挟まる。

「招待客、仕事関係の人ばっかりだったね」

「そう。二次会はもう完全に交流会みたいになってた。ユッコも来ればよかったのに〜音楽関係の人もいたと思うよ」

私はあの日、二次会への参加は遠慮していた。ただひとりの友人枠だったため、特に話をするような知り合いがいなかったからだ。

「いいよいいよ、そういうふうに紹介してもらうのもなんかアレだし」

「そう？　いきなり大きな仕事もらえるかもよ？　ていうか、そのために式中の音楽も頼んだのに」

大丈夫大丈夫、と私は微笑む。何が大丈夫なのかは、自分でもよくわからない。

就職しない、という決断をしたとき、親が初めて積極的に、私の進路に反対した。これまでずっと何も言わないようにしてきたけど、という両親の前置きは、少し後を引いている。もしかしたら、高校で音楽科を選んだときからずっと、私の人生に意見することを我慢してくれていたのかもしれない。

大学は、音楽の教職をとれるよう、教育学部を選んだ。一人っ子だったこともあって、上京したいという無理な願いはなんとか叶えてもらえた。昔からの友達である薫ちゃんが上京するということも、両親に安心感を与えたようだ。高校時代の留学により一つ下の学年になった渡邊君は、遠距離は寂しいと言いつつも、自分も絶対に東京の大学を目指すから、と私のことを応援してくれた。

大学三年生のときには教育実習もしたし、両親は、私の夢は音楽教師という形に収まると予想していたはずだ。だけど東京には、音楽に触れられる場所がたくさんあった。大学の勉強をしながら、私はコンテストやコンペに曲を送り続けた。そうしているうちに、小さな音楽事務所から声をかけてもらうこともあり、なんとなく人脈と呼べるようなものが広がっていった。今は、自主製作の映画の音楽やゲーム音楽の制作を手伝ったりしながら、個人名義でコンペに応募し続けている状態だ。つまり、音楽で生計を立てているとはいえないものの、生活のほとんどの時間を音楽に費やしている。

金銭的には厳しいし、数年先の自分の姿だって全く想像できない。できない、というか、したくない。だけど、音楽を作る人になりたいという私の夢は、小さく萎んでいくどころか、東京という土地独特の養分を吸って日に日に大きく膨らみ続けている。

「最近、どう?」

薫ちゃんが、テーブルに備え付けられている紙のナプキンで口を拭いた。

いま、ただ純粋に私の夢を応援してくれているのは、この人だけかもしれない。目の前で同じ料理を食べている親友に対して、私は突然、そう思った。

「いま、踏ん張りどころなんだよね」

出入りしている音楽事務所に流れてくるコンペに手当り次第に応募を続けて数年、ついに、大きくて重い扉に手をかけることができた。この冬にメジャーデビューをすることが決まっている人間のヴォーカルグループのデビューシングルのコンペ、その最終候補の三曲の中に残ったのだ。今は向こうからの注文に合わせて、その通りのアレンジを加えている。

そのアレンジの注文内容は、「自分らしさ」ひいては「人間らしさ」だ。

人間が歌うCDにここまできちんとお金と手間をかけてデビューさせるのはもう最後になるかもしれない——業界内でそんなふうに噂されているこのプロジェクトは、いろんな意味で注目度が高い。現在、『人間が歌うCD』という形で作品を発表するアーティストはほぼいない。音楽業界の売上の半分以上が、人間ではない歌手、つまり音声合成技術により生み出された架空の歌手による配信作品で占められている。人間でない歌手はピッチやリズムがズレることもないし、人間では発することが難しい音域にまでメロディを拡げることができるため、これまでは生み出されなかったタイプの楽曲が次々誕生している。レコーディングにかかる費用も少ない。

そんな中、私が今関わっているプロジェクトは、人間の手作業を重視することがテーマとなっている。レコーディングも今では珍しい生演奏にこだわり、ライブも全て生演奏、生歌。プロモーションビデオなどでもこれまで多用していた新技術の使用はしないという。

このプロジェクトのプロデューサーを務めるのは、世界的人気バンド『Over』の元メンバー、光流——私がずっと憧れていた光流ちゃんだ。

光流ちゃんは、東京オリンピックの開会式でのパフォーマンスを最後に『Over』から脱退した。突然の発表は、ファンだけでなく日本、いや世界の音楽業界を震撼させた。シンプルで記号的なアートワーク、言葉がなくとも視覚的に楽しむことができるライブ演出などは国境を越えて受け入れられやすく、『Over』は数年前から活動のフィールドを世界へと移していた。その中での電撃脱退は波紋を呼んだが、理由については詳しく語られていない。ただ、過去のインタビュー中にあった「ライブが、音楽を発表する場というよりも、演出チームの作品を発表する場になってしまったような気がする」「音楽やライブがどんどんデジタル仕様になっていく中で、人間である私にしかできないことを大切にしていきたい」という光流ちゃんの発言は、彼女の中の何かを決定づけたのではないかと、あらゆる場面で何かと引用されている。

「なんか、ユッコ今、いい仕事してるんだろうなって感じはしてた。見た目も生き生きしてるもん」

「そうかな」

これからの音楽業界を、本当の意味で支えてくれる新しいクリエイターと出会いたい。光流ちゃんはそう言っており、今回、あえて自分で曲を作ることはしないという。その方針は業界の一部の人間を落胆させたが、別の場所にいる一部の人間をとんでもなく奮い立たせた。

未発表音源ならばプロ・アマ問わず募集ということもあり、コンペにはかなりの数のデモ音源が集まったらしい。今のところその中から最後の三曲にまで絞られているが、そこに、私の曲も残っている。その事実は、採用が決定したわけではなくても、世界で一番効果のあるお守りを手にしたような気持ちにさせてくれる。正直、このままずっとコンペの結果が出なければいいのに、とさえ思っている。最終候補、という幸せな現象を隅から隅まで味わい尽くしていたい。

いよいよ、自分の曲が陽の目を見るときがくるのかもしれない。しかも、ずっと憧れていいた

『Over』の光流ちゃんの手によって――こんなの、わくわくするなと言うほうが難しい。

「今回は自信あるの？」

「もち」

私はにやりと笑う。

「結婚式の準備で全然会えてなかったし、薫ちゃんにはまだ聴いてもらえてない曲なんだけどさ。それが今いいところまでいってて」

作った曲をまず薫ちゃんに聴いてもらう、という行為は、もはや二人の間の約束のようになっていた。このやりとりさえ続けていれば、お互いに生きる世界がどんどん離れていったとしても、こうして会ったり話したりできる。あるときから薫ちゃんは、楽譜だけでなく、音源のデータも欲しいと言ってくるようになった。仕事中のＢＧＭとして使用してくれているかもしれない。そう考えるとやる気も上がる。

「今最終アレンジ中だから、それ終わったらまた聴いてよ」

「もち」今度は薫ちゃんがにやりと笑う。

「今回のは、今までの中でも一番、私らしさが出てると思うんだよね。だからこそ最終候補まで残れてる気がするの」

人間らしさ。その人らしさ。あなたらしさ。自分らしさ。そんなアレンジを発注されたのは、今回が初めてだった。コンペは大抵、プロデューサー側から様々な指定があるため作り手の個性を消さなければならない場合が多い。今回も、光流ちゃんがプロデュースを務めるプロジェクトだということが発表されていたためか、応募者が勝手に『Over』のサウンドを意識して制作したと思われる曲が多かったそうだ。ほかならぬ私の曲も、応募段階では多少そのケースに当てはまっていただろう。

光流ちゃんは、それを嫌がった。

自分らしさ、人間であるあなたにしかできないことをもっと表現してほしい、何か答えのようなものを用意しなくてもいいから、今のあなたの心をそのまま表現してほしい。そうすれば自然と、あなたにしか作れない曲が生まれるから——メールの文面で見ただけなのに、プロデューサーサイドからの注文は、光流ちゃんの声に乗って頭の中で再生された。

「薫ちゃんも絶対気に入ってくれると思う。これまでずっと音楽にこだわり続けてきたのは、この曲を作るためだったのかもしれないってくらい、私にしか書けない曲ができた気がするの」

「……なんか懐かしいな、この感じ」

薫ちゃんが、ふ、と表情を和らげた。

「覚えてる？　私が『おうちでピアニスト』ってソフト作ったの」

「覚えてるよ、当たり前じゃん」

忘れるわけないじゃん、と、私は念を押す。

「あのときもユッコ、今回のコンクールは自信ある！　って言ってて、でも落ちちゃってさ。スランプだスランプだって言ってたよね」

「そ、そうだっけ?」

昔の話をされると、なんだか恥ずかしい。あのころ特有の根拠のない自信を思い出して、少し虚しくもなる。

「そうだよ。私、悩んでたユッコのこと、すごく覚えてるもん」

薫ちゃんが、店員に向かって手を挙げる。

「だって、ユッコの夢を叶える手助けをしたいって気持ちは、あの日から今日までずっと続いてるから」

しばらくすると、からっぽになった皿が下げられ、食後のコーヒーが届いた。薫ちゃんはブラック、私は少しだけミルクを入れる。

「薫ちゃんはずっと忙しそうだよね」

猫舌の薫ちゃんは、黒い水面に丁寧に息を吹きかけながら、目線だけで私を見た。

「式のとき、同僚の人たちが言ってたよ、ただでさえ忙しいのに薫ちゃんが独自の研究を進めてて大変だって。僕らなんにも教えてもらえないんですよ～って」

「ああ、その言い方あいつでしょ、原」

調子いいんだよねあいつ、と言いつつも、薫ちゃんの頬は緩んでいる。

「『team ERA』の仕事と独自の研究、どっちもやってるんでしょ? むちゃくちゃ大変じゃない？」

「大変だよ。でも」

ずずず、と、薫ちゃんがやっとコーヒーに口を付ける。

「仕事ってなると、クライアントからのオファーに応えることが最優先になっちゃうからさ。それだと、ホントに自分が研究したいこととか、実現したいこととは違うから」

「ほんとに実現したいこと？」

私は、ミルクに加えて少し、砂糖を入れる。

「言ったじゃん」

薫ちゃんのコーヒーは、ブラックのままだ。

「ユッコの夢を叶えるために、研究がんばるって」

薫ちゃんがコーヒーカップの中でくるくるスプーンを回す。

「信じてないでしょー。ちゃんと映像で残ってんだからね、テレビで言ったんだから、私」

私のコーヒーと薫ちゃんのコーヒーは、色も、味も、どんどん違うものになっていく。

「信じてないっていうか、正直いまだに真に受けてないっていうか、この人何言ってんのって思ってたっていうか」

「最後聞き捨てならないな」

ふざけ合っていると、くるくる回る細い指に規則的に宿る、小さな光が目についた。

私は思い出す。

高校三年生の春、私たちにニュース番組のカメラがむけられたあの日。

ニュース番組のカメラの中の自分を、渡邊君と肩を並べて見た日。

大きな舌のようなソファに二人して呑み込まれ、渡邊君の舌にも呑み込まれそうになったあの瞬間。

「薫ちゃん」

なんとなくきちんと聞けなかったことを、今なら聞けるかもしれない。

私は甘くなったコーヒーを一口飲んだ。

「……旦那さんのこと、好き、なんだよね？」

へ、と、薫ちゃんが間の抜けた声を漏らした。

「いや、なんかごめん、変な聞き方しちゃって」

へへ、と、私の笑い声も、間の抜けたものになる。

「彼氏がいるなんて全然聞いたことなかったから、いきなり結婚ってびっくりしちゃって。薫ちゃんの、その、恋愛してるところとか、あんまり想像もできなかったし。なんか、どこで出会った人なのかなーとかいろいろ気になっちゃってさ、だってけっこう年上だよね？　あの人。仕事も、なんかあんまり薫ちゃんの業界と関係ないっぽいよね」

私が質問しているのに、なぜか私のほうが慌てているし、たくさん話している。アンバランスさを感じていると、真正面から、薫ちゃんの声が飛んできた。

「アプリ」

「え？」

真っ直ぐにぶつかってきた言葉は、私の鼻の頭に当たって砕け散る。

「結婚したい人が使うアプリがあるんだよ。条件だけ入力すればすぐにばっちりの相手紹介してくれるってやつ」

一瞬、口の中で、結婚式場で食べたやわらかいパンの甘みが蘇った気がした。薫ちゃんのお母さんと話しながら食べた、パン。

「へ、へえ」

私は、落ちてきた髪の毛を、右耳にかける。

「でもさ、条件が合っても、ほら、やっぱ性格とか価値観とか、そういうのが合わないと結婚って難しくない？」

「そう？」

また、真正面から、声が飛んでくる。

「そんなことより、学歴とか職歴とか経済力とか、相手の親族に犯罪者がいないかとか親の介護の負担が重くなりそうかとか、そういうことのほうが大切だと思わない？　結婚って、個人間っていうよりも家と家とのことだし」

「それは確かに、そうかもしれないけど……」

私の言葉は、薫ちゃんみたいにきちんと飛んで行かない。

「性格とか価値観って、あとからでも変えられるじゃない。だから、まずはどうしたって変わらないところを許せるかどうかだなって思ったけどね、私は」

さっき飲んだコーヒーによって、体内の血糖値が急激に上がっている。頭の中はぼうっと霞んでいるのに、体は熱いし鼓動は速い。

「そういう意味では、今の旦那とはばっちり合うの。私、院卒業したら自営業になるわけだから、研究に没頭するには不安定な収入じゃ怖かったしね。向こうもあの年齢で結婚歴なしって社内でも変人扱いされちゃうみたいでさ、とにかく決定的な問題がない人とさっさと結婚したかったみたい」

私は、目の周りを手の甲でごしごしとぬぐった。

「ユッコは、渡邊君とどう？　順調？」

食後、特にパスタなど小麦を使用したものを食べたあとは、眠気と体のだるさが同時にくる。

私は、目を擦り続けながら、順調だよ、と答えた。

「そっか」

冷たい水で顔を洗いたい。そうすれば、食後特有のこの気怠さは根こそぎ消え去ってくれるはずだ。

「ユッコの新しい曲、早く聴きたいな。これまでで一番ユッコらしいって、超楽しみ」

もう一度目を擦ると、コンタクトがずれて、視界が鈍く揺らめいた。

――2022年7月16日

タオルで顔を拭く。冷たい水を浴びても、体の芯から湧くような熱っぽさは消えない。

「体調悪いの？」

ユニットバスから出てすぐのところに置いてあるこたつ机では、渡邊君が就活用のエントリーシートを広げている。私は渡邊君の曲がった背中をまたぐようにして、ベランダ側に置かれているパソコンデスクへと向かった。都内だと、毎月七万円を払ったとて、必要最低限のものしか置けないくらい狭いアパートしか借りられない。

「なんかちょっと熱っぽいだけ」

「風邪じゃん？　マジちゃんと寝たほうがいいって」

床に置いたクッションの上にあぐらをかいている渡邊君は、いろいろと姿勢を変えつつ長い脚の置き場を探っている。渡邊君は大学でも一年間の留学をしたため、今では結局、私より二学年下の大学四年生だ。内定はひとつ出ているが、まだ就職活動を続けている。

「うーん……もうちょっとやっとかないと」

「ずっとそればっかじゃん」

ちゃんと寝なって。渡邊君にそう言われたところで、はいそうですねとベッドに潜り込むわけにもいかない。なんせ、コンペの最終候補に残っている曲のアレンジの締め切りが、今日なのだ。もう、午後六時を少し回っている。といっても昨日から徹夜でアレンジ作業をして、今日の午前中はバイトだったので、どうにもこうにも体が怠くてたまらない。

それなのに、何度やっても、曲は思うように仕上がってくれない。光流ちゃんへの憧れが強すぎてしまったり、そこを無理に削ると全く私好みの曲ではなくなってしまったり、足踏みの繰り返しだ。数日前からこの作業にかかりっきりなので、もう体も目も疲れ切ってしまっている。ここ最近感じるようになった胃のむかつきや強烈な倦怠感も相まって、作業は滞ってばかりだ。

「ほら、十分経ったら起こしてあげるから。ちょっと寝たら気分転換にもなるって」

「うーーー」

渡邊君はこのごろ、やけに優しい。特に、私が音楽関係の作業をしているときは、不自然なくらい言葉を選んでいるように感じられる。そして、その原因が何なのか、二人ともしっかりわかってしまっているからこそ、お互いに指摘することができない。

それは、薫ちゃんの結婚を、渡邊君に報告したときだった。

――結婚、か。

そう呟いた渡邊君の声は、もう十何年も前からその低さなのに、たった今、その音の底に辿り着いたように響いた。

そのとき私たちはいつものように、渡邊君が住んでいるアパートの狭いベッドに二人で寝転んでいた。

結婚、だって。

私は、渡邊君の細い腕の上でころころ頭を転がしながら言った。

私たちもするのかな。

渡邊君の体に触れていると、その面積の分だけ、声も言葉も甘くなる。私だけに許されたその反応は、初めて渡邊君の体に触れたときから変わっていない。

これだけ長い付き合いになってくると、言葉を交わさずとも会話ができるような気さえしていた。はじめは別物だったはずの価値観や性格も、今や水糊をたっぷり使って丁寧に貼り合わせた折り紙みたいにべったり一致する。長い時間を一緒に過ごしてきたという事実は、ただそれだけで巨大な信頼感を作り上げてくれる。

だからこそ、耳のすぐ近くで聞こえた言葉は、ショックだった。

雪子は、ずっと、今の生活続けていくつもりなの？

渡邊君は確かに、そう言った。そして、私の頭を腕に乗せたままこう続けた。

俺も、俺が就職したら雪子とまず一緒に暮らして、って、考えたりするよ。でも、いざ結婚ってなると、正直、二人の生活がはっきり見えるわけじゃない。雪子の人生は俺の人生にもなるわけだから、きちんと就職のことも考えてみてほしいっていうか……もちろん二人がきちんと生活できるほど俺がちゃんと稼げればいいんだけど、英語ができるだけの文系じゃこの先どうなるかわかんないし、今から先のこと考えすぎかもしれないけど、子どもとかできたらまた、状況も変わってくるだろうし。

渡邊君は、あのとき私に、こう言いたかったのだ。

そろそろ、夢をあきらめてはどうか、と。

私はあのとき、これだけ長く一緒にいても、渡邊君の口から聞いたことのない言葉がたくさんあるのだと思った。むしろ、価値観や性格を、時間という名の水糊でべとべとにくっつけてしまうと、過ごした時間の長さの割に、交わしたことのある言葉の種類は少なくなってしまうのかもしれない。

この人はカナダに行ったことがあるんだ。この人はホッケーが好きなんだ。初めて触れる渡邊君の輪郭にいちいち驚いていたころが、不意に、だけど強烈に思い出された。大学に入りもう一度カナダへ留学した渡邊君は、向こうでアイスホッケーの練習に参加し、肩を怪我した。それ以来もう、ホッケーはしていない。

「っあれ？　何分経った？」

私はパソコンデスクから飛び起きる。いつの間にか突っ伏して眠ってしまっていたらしい。窓の外が暗い。今は何時だ。

「これ」

「わっ」

すぐ後ろに渡邊君が立っていた。私は思わず肩を飛び上がらせる。

「今まで雪子が作った曲の中で、一番好き」

渡邊君が、私の背後から右腕を回し、ワイヤレスマウスをクリックした。

音楽が止まる。私が寝ている間に、アレンジ中の曲を再生していたらしい。

「……ほんと？」

「うん。アレンジが決まらないって言ってたけど、このハッキリしない感じが、今いろんなことに迷ってる雪子をそのまま表してるような気がして、俺はいいと思う」

「ハッキリしない感じって、何それ」

苦笑いしながら、私はマウスを奪い取る。よかった、寝ていたのは一時間くらいだったみたいだ。今日、が終わるまでにはまだ数時間ある。メール画面を開いてみるが、催促の連絡は特にない。

「いや、ほんとに、いまのアレンジすごくいいと思う」

俺詳しいことはわかんないけどさ、と、渡邊君が遠慮がちに続ける。

「せっかく人の声で売り出す音楽なんだから、そういうあいまいさみたいなものがあったほうがいい気がする。音声合成技術の作品もすごいけど、俺、完璧な音程で歌われるより、ちょっと音外してたり、高いところきつそうにしてる歌のほうが、なんか聴いてて安心するもん。人間ぽいなって」

「……うん」

私は、マウスを掌で覆ったまま、小さく頷く。正直、もう、何度も何度も聴き直しすぎていて、どの音をどう調整すべきなのか客観的に判断できなくなっていた。

「こんなに長く一緒にいる俺が言うんだよ。この曲が一番雪子らしいって。雪子にしか作れない曲って感じ、する。俺、この曲、このままでいけると思う」

パソコンの画面の中にあるカーソルの先が、プロデューサーサイドからの指示が書かれている箇所を、指している。

自分らしさ、人間であるあなたにしかできないことをもっと表現してほしい、何か答えのようなものを用意しなくてもいいから、今のあなたの心をそのまま表現してほしい。そうすれば自然と、あなたにしか作れない曲が生まれるから。

マウスを握る私の右手の甲を、渡邊君のてのひらが覆った。

「前話したことだけど、俺、雪子の夢を応援してないわけじゃないんだ」

私のコントロールできない場所を探り出しているときは、細くて長くて華奢な指だと感じるのに、こうして重ね合わせてみると、渡邊君の掌はやっぱり、太くて広くて、たくましい。

「うん」

「俺も不安で、いろいろ言っちゃっただけで。確かに、就職してすぐ結婚とかっていうのはまだ難しいかもしれないけど、でも」

「ありがとう、わかってるよ」

言葉にしなくても、声の震えや掌の温度、体から漂うにおいや雰囲気、渡邊君がそこにいるという事実だけで伝わってくるものがある。

もう、ずっと、一緒にいるのだ。

二度と会いたくないと、もう顔も見たくないと思った日もあったけれど、それでもこうして、一緒に歩いてきたのだ。

「私、がんばる。お互い、がんばろう。結婚できるって、胸張って思える日まで」

送信メールに音源のファイルを添付したそのときだった。

携帯の画面が光った。中央には、薫ちゃん、の文字がある。

【ユッコ?】

「薫ちゃん」

この曲を、やっとできた私だけの曲を、薫ちゃんにも聴いてもらいたい。思わず私はその場に立ち上がる。

【今から来れる?】

「どうしたの、ていうか偶然、奇跡みたい、私も聴いてほしい曲があるの。前言ってた曲、たった今完成して」

私は散らかっている部屋の中から財布を探し出す。これさえあれば、薫ちゃんの家まで行ける。

【すご、私も今、独自で開発してたソフトが完成したところなの。ユッコに一番に見てもらいたくて】

「すぐ行く、一本メール送ったらすぐ行くね」

大きく手を振る私に、渡邊君が笑顔で手を振り返してくれている。私はその向こうに、初めて作った曲を聴かせたときの薫ちゃんの笑顔が見えた気がした。

インターホンを鳴らすと、ドアの向こう側から「開いてるよー」と声がした。ソフトが完成した、と言うからには『team ERA』のオフィスにいるのかと思っていたけれど、薫ちゃんは自宅で作業をしていたらしい。

「すっごい偶然だね、二人とも同時に完成するなんて」

「ほんとほんと、さすがうちらって感じ」

私も薫ちゃんも、電話で話したときからずっと興奮が冷めない。「ちょっとまずお茶でも飲む？　冷たいのでいいよね？　あともらいものの甘いもんがあったはず」落ち着こう落ち着こう、と、薫ちゃんがキッチンへと消えていく。

よくクーラーが効いた部屋の中は、無駄なものがなく、すっきりと片付いている。家よりもオフィスにいる時間のほうが長いため、こまごまとした生活用品はオフィスに移動させてしまったらしい。私は「失礼しまーす」と、木目調のダイニングチェアに腰かけた。シンプルな空間の中、小さなボリュームで音楽が流れている。

私が作った曲だ。

私の曲を仕事中に聴いてくれているという予想は、どうやらどんぴしゃだったらしい。嬉しくなり、耳の内側にこびりついているそのメロディを小声でなぞる。

一音目を発した、そのとき、気づいた。

「お待たせ」

ことん、と、ダイニングテーブルが小気味のいい音を鳴らす。テーブルの上には、麦茶が入ったグラスが二つと、もらいものらしいドーナツが載った皿が並んでいる。

「薫ちゃん」

二人の間を流れる、私の曲。

「この曲って……」

「あ、気づいた？」

薫ちゃんは一口、冷たい麦茶を飲むと、音楽を発しているノートパソコンをダイニングテーブルまで持ってきた。

「じゃあ、私からお披露目といきますか」

薫ちゃんが、私の隣の椅子に座る。

「これが、私が独自に開発してたソフト。さっき完成したばっかりだよ」

パッと、パソコンの画面が明るくなる。

「できたばっかりだから名前がないんだけど……ユッコの夢を叶えるための発明第二弾、って感じかな」

ちょっとコンセプト子どもっぽすぎ？　と薫ちゃんが笑う。

「光流ちゃんみたいにピアノを弾けるようになりたい。光流ちゃんみたいに自分だけの曲を作れるようになりたい……ユッコ、昔からずっとそう言ってたよね」

懐かしいな、と、薫ちゃんが一瞬、空を見つめた。

「『おうちでピアニスト』はね、ユッコのひとつめの夢を叶えたくて作ったの。奏法をコピーするってのは、意外と早くできちゃったんだよね。すでにあるものの法則性を見つけて別のものに応用させるっていうのは、結構簡単なの」

ふん、ふん、と、薫ちゃんが、流れている曲に合わせてハミングする。

「でも、ふたつめの夢は、なかなかプログラムを組むのが難しかったんだよね～。だって、何かを作るって、まるでゼロからイチを生む作業だって思われてるじゃない？　演奏を真似するのとはわけが違って、実現までにめっちゃくちゃ時間がかかっちゃった」

私も一緒に、ハミングしてみる。

「でも、できたの。ユッコの、ふたつめの夢を叶えるためのソフト」

やっぱり、間違いない。

「ユッコだけが作りだせる曲を、すぐに生み出せるソフトだよ」

今この部屋に流れているこの曲は、このメロディは、ついさっきまで、私の部屋でも流れていたものだ。

薫ちゃんに、これから聴いてもらおうと思っていた、とっておきの、私だけが作り出せる、私らしさが詰まった曲だ。

「どう、かな?」

薫ちゃんが、音量を上げる。メロディ以外の音の構成も、より、聴こえやすくなる。

もちろん、全ての音符が完全に一致しているわけではない。だけど、同じ曲だよ、と言われれば、何の疑問ももたないくらい、似ている。

「大変だったよ〜」

薫ちゃんが両腕をぐんと伸ばす。ぽき、と、どこかの関節が鳴る音が聞こえた。

「『team ERA』が研究してることって、結局、ゼロをイチにするっていうよりも、イチをジュウに、イチをヒャクに、っていうほうなんだよね。私がニュース番組で特集されたときのこと覚えてる？　あのとき表情をコピーできる電極って出てきたと思うんだけど、あれももとの表情があるからコピーっていう行為ができるわけ。『おうちでピアニスト』だって、もともと曲Aの演奏データがあって、それを曲Bに応用できますよってプログラムだし」

この曲が一番雪子らしいって。雪子にしか作れない曲って感じ、するもん――渡邊君がそう言ってくれた曲が、白く光るパソコンの画面からたらたらと流れ出ている。

「その大元の部分、ゼロからイチの、唯一無二の創作物はどうしても人間じゃないとできないってよく言われてるし、実際みんなそう思ってるんだよね。だからソフトの開発すらなかなかされないんだけど、私はそういうわけでもないような気がしてて」

薫ちゃんが、すうと息を吸う。

「だって、結局、大体の創作物って本質的にはゼロからイチじゃないじゃん？　よっぽどの天才じゃない限り、すでに存在しているものから何かしらの影響を受けて、その影響を自分の中にあるものと混ぜ込んでるだけだと思うんだよね」

つまり、と、ここで一呼吸置くと、薫ちゃんは私の目を見た。

「その人の創作物をいっぱい集めて、その構成要素を抽出して再構築すれば、その人が創りだすものの個性やニュアンスを導き出すためのパターン、方程式みたいなものが浮き出てくると思ったの」

曲が、サビに差し掛かる。

私が最も苦労した、そして、プロデューサー陣が最も気に入ってくれたメロディが、ほぼそのまま流れてくる。

「ユッコのデータはもうかな〜り溜まってたから、相当精密な分析ができてると思うんだ。高校のときからずっと自作の楽譜も音源ももらってたから、曲だけでもう何百パターンっていうデータが揃っててさ、ほんと助かったよー！　そこに、ユッコがどんな人生を歩んできて、どんな音楽を聴いててどんな人が好きで……っていう情報も組み合わせてあるから、再現率は相当高くなってるはずっ」

薫ちゃんが、本当に楽しそうに話している。早口だけれど、滑舌がいいから、何を言っているのか、とてもわかりやすい。

楽譜も欲しいな。できれば音源データも送ってもらいたいな。薫ちゃんがそう言ってくれたとき、私は、純粋に嬉しかった。

夢を応援してくれている人がいると感じることができて、とても、とても嬉しかった。

「それで、今流れてる曲が、このソフトが過去のデータを分析して作った記念すべき一曲目なんだけど……どうかな？　私はけっこうユッコらしい曲だなって思うんだけど、もしかして全然違ってたり？」

薫ちゃんが、パソコンの画面をスクロールさせる。そこには、この曲に対する一般ユーザーからのコメントが、ずらりと並んでいる。

「とりあえず『team ERA』のサイトで実験的に公開してみたんだけどさ、曲自体の評判は結構いい感じなんだよね～。売れそうとかいい曲とかいろいろコメントついてる。まあ、みんなユッコの曲聴いたことないから、このソフトの機能がどうなのかってところはユッコにしか判断できないんだけどさ」

『team ERA』は今、とても注目を集めている新進気鋭の企業だ。

何か新たな情報をリリースすれば、世界中からアクセスが集まる。

今こうしている間にも、この曲へのコメントはどんどん増えている。

「もしこのソフトの開発が成功したら、たとえば、もうずいぶん前に亡くなったシンガーソングライターの新曲だって作れるかもしれないんだよ。それってすごくない？　まさにこれまで絶対にできなかったことが、できるようになるって感じ。ほんとわくわくするよね。それに、何より」

——コンペの応募作は、自身で制作したオリジナルの未発表音源に限る。

私の頭の中で、そんな文章が赤く光った。

「自分らしい曲を作る人になりたいっていうユッコの二つの夢、これで叶えてあげられる。これさえあれば、いくらでもユッコらしい曲ができるよ。もしユッコの耳が聴こえなくなっちゃっても、不慮の事故で死んじゃっても、その先もずっと、永遠に」

曲が、終わった。

冷房から発される風が、音楽の無くなった空間を、所在なげに漂っている。

「薫ちゃん」

からん、と、二つ並んだグラスの片方から、重なっていた氷が崩れる音がした。

この音を、今と似たような状況で、かつて聞いたことがある。私はぼんやり考える。

そうだ。薫ちゃんが、初めて買ったタブレット通信教材を見せてくれた日だ。あのときは確か、薫ちゃんのお母さんが注いでくれたオレンジジュースを飲んでいた。

私は、頭の片隅で静かに思う。

あのときも、グラスの中で、氷がこうして崩れたはずだ。そして、多分、あのときから、氷ではない何かも、少しずつ崩れていった。

「何でこんなことするの？」

黄金色の麦茶を見つめたまま、私は言う。

「私がずっと、目指してた夢、知ってるよね？」

薫ちゃんは、きょとんとした顔で、「え、うん」と頷く。

「だからこうやってプログラミングソフトを」

「私は、自分の力で、夢を叶えたいの」

黄金色の液体の中で、氷が少しずつ溶けていく。

「曲を弾くことも、曲を作ることも、私は、自分の力で、達成したいの」

うん、と、薫ちゃんがまた、頷く。

「こんなふうにできるようになったって、こんなふうに夢が叶ったって全然意味ない。私がこれまで一体何のために、音楽科入って、いろんなこと勉強して、いろんな音楽聴いて、上京して、どうにか音楽で生活できるようになりたくて、練習して、作って……自分にしか作れない曲を生み出すためにこれまでずっとずっとずっと」

「努力した上で、ずっと、できなかったもんね」
ピ、と、短い音がした。
「もう何年も何年もいい曲作れてないみたいだから、私、いろいろと助けてあげようと思って」

薫ちゃんが、リモコンをエアコンに向けている。「今日暑くない？」また、ピ、と、温度を下げる。

「今はできてないかもしれないけど……努力し続ければできるようになるかもしれな」

「だから、こんな方法もあるよって、ひとつのやり方を提示してるだけじゃない」

二人とも手をつけようとしないドーナツが、さっきよりも二度分だけ冷たくなった風に晒されている。

「私は、新技術を使って、物事を解決する新しい方法を生み出して、それを提案してるだけだよ？」

ドーナツの甘いにおいが、かすかに鼻腔を撫でる。

「よく誤解されるんだよね。あなたの今までのやり方は間違ってますよ、とか、あなたのこれまでの努力は無駄だったんですよ、とか、そういうことを言ってるわけじゃないんだよ。ただ、こうすれば今までよりも簡単にできますよ、今後はこういう方法も使えますよってことを教えてるだけ。なのに、すっごく嫌がられるときがあるんだよね。そういう人って、今までのやり方が正しい、って信じて疑ってないの」

そういう人、というひどく距離のある言葉の中には、紛れもなく、私が含まれている。

「今までやってきた方法っていうのは、ただ今までそれでやってきたってだけなんだよ。別に、それが一番正しい方法なわけじゃない」

ユッコはもっと喜んでくれると思ってた。小さな声でそう呟いたあと、薫ちゃんは大きく口を開いて、言った。

「自分の人生なんて、成功例じゃなくて、ただの一例にすぎないんだよ」

薫ちゃんが公開した曲に、また、新しいコメントが付いた。

「でも皆、自分の人生しか生きたことがないから、そのたった一例を否定されるのが嫌なんだよね。だから、新技術って嫌がられるの。この新しいプログラミングソフトでこんなこともできますよって発表すると、一定数の人から、ものすごい拒否反応が出る。必ず」

【超いい曲！　ちょっと昔の Over っぽくて懐かしい感じ】

【ERA 迷走してんな～】

「それって、今までの自分のやり方を否定されたって思うからなんだろうね。自分の人生を否定されて、怖くて仕方がなくなって、自分を脅かしかねないものはとりあえず拒否する。これまでできなかったことがどんどんできるようになるかもしれないのに」

内臓を、誰かに握りつぶされているみたいだ。息が苦しい。

「薫ちゃん」

吐き気が体内を通り過ぎていく。

「何でも、簡単にできるようになればいいってわけじゃないよ」

私は、口を開いてやっと、薫ちゃんを見ることができた。

「簡単にはできないからこそ、大切なものってたくさんあると思う」

「たとえば？」

私の言葉の尾を掃くように、薫ちゃんが言う。

「……たとえば、なんだろう、いわゆるおふくろの味とかって、他の誰にも再現できないからこそおいしく感じるんだろうし、あと……行ったことないからよくわかんないけど、有名なお寿司屋さんとかって何年も修業するんでしょう？　簡単には握れるようにならないからこそ、回転ずしとかとは違う味になるんだと思うし、そういうのって簡単にできちゃったらおいしさも半減するっていうか」

「ほんとにそう思ってる？」

薫ちゃんが口を開く。

「おふくろの味なんて、本当はたいしたことないじゃない。ただの家庭料理。それこそ『他の誰にも再現できない』っていう付加価値にごまかされてるだけだと思う。いつでもどこでも再現できる新しい方法が見つかったら、そんなの再現できるようにすべきじゃない！　っていう拒否反応が出ることは簡単に予想できるけど、いざそうなったらそうなったで意外と、おふくろの味ってやつを高く見積もり過ぎてたことに気づいてハッとする人も多いんじゃないのかな。お寿司とか、修業が必要なタイプの料理にも同じことが言える可能性はあると思う。私は料理に詳しいわけじゃないからまだよくわからないけど、きちんと研究すれば、誰かを脅かすような発見に満ちた結果が出るはずだよ」

違う。

こんなことを聞きたいんじゃない。こんな話をしたいんじゃない。私は、薫ちゃんの目に映っている、私の姿を見つめる。

「覚えてる？　薫ちゃん」

これまで私が歩んできた人生を、見つめる。

「小学生のころ、薫ちゃん、私の日直手伝ってくれたよね」

耳に入ってくる自分の声が、急に、やわらかくなったのがわかる。

「黒板消しでさ、二人とも上のほうまで消せなくて……森下先生の字が汚いって笑ってたら、渡邊君が話しかけてくれて。サッて簡単に消してくれて。私、あのとき初めて渡邊君と話したんだよ。あれがもし電子黒板で、私が簡単に消しちゃってたら、渡邊君ともずっと友達にはならなかったと思う」

薫ちゃんの目の中にいる自分が、小学生の自分になる。

「何の話してるの？」

「ごめん、もうちょっとだけ聞いて」

そうすればきっと伝わるから。

私は、薫ちゃんの目の中にいる過去の自分にも届くように、話しかける。

「そのあともね、薫ちゃんが学校休んだときに二人でプリント届けに行ったりして……今はタブレットがあるからそんな面倒な手間は省けるっていうけど、私、薫ちゃんちに行くまでに、渡邊君といろんなこと話したんだよ」

カナダに行ったことがあること。そこで見たアイスホッケーがかっこよくて、忘れられないこと。日誌に書かれている、私の字が好きだということ。教室という場所では、きっと話せなかったいろんなこと。

「あのときは、いろんなことができなかったから、わざわざ手で黒板消したり、わざわざ家までプリント持って行ったりしなきゃいけなかったけど、確かに手書きで日誌書くとかほんとめんどくさかったし、いろんなことが不便でいやになるときもあったけど、だからこそ生まれたものもいっぱいあると思うの」

　私は唾を飲み込む。

「それに、そういうところで生まれたものこそ、かけがえのないものなのかもしれないって思うの」

　だって、と、私は息を吸い込む。

「私、あのとき、渡邊君を好きになったんだもん」

　薫ちゃんの目の中にいる自分が、中学生の自分になる。

「渡邊君を好きになって、いろいろ悩んで体調崩したりとかもあったけど、そこだけ切り取ったらまるで悪いことみたいだけど、それも含めて大切っていうか……とにかく、意味があるとかないとか、無駄とか非効率とか、そういうところを飛び越えたところにある何かに触れられたような気がする、私は」

　言葉がうまく繋がらない。薫ちゃんみたいに、滑舌だってよくない。だけど、今、伝えなければならない。

「薫ちゃんは中学のとき、意味ないからってずっと体育休んでたけどさ、私は好きだったよ、体育。そこで同じチームになって初めて話すような子もいたし、ていうか、単純に楽しかったし。確かにバスケとかテニスとかって、水泳みたいに、溺れたときに役立つとかじゃないかもしれないけど、でも、そういう意味とかがなくったって、単純に楽しい、楽しいだけ、それ以外何の意味もないみたいなことが、意味のあるすべてのものを一気に飛び越えていく瞬間ってあるんだよ。そういう瞬間こそが、どれだけ意味のあるものよりも気持ちを明るくしてくれたりもするんだよ。そういう瞬間を知ったうえで意味がないって言うならわかるけど、薫ちゃんは知らないでしょ？知る前から、意味がない、無駄だって、捨ててきちゃったでしょ？」

薫ちゃんの目の中にいる自分が、高校生の、大学生の自分になる。

「ピアノだって、うまく弾けないからここまでがんばれたし、上手に曲を作れないからここまでがんばれたし、うまくいかないから出会えた人だってたくさんいる。これだけ時間かかってもできないことばっかりだけど、私に才能なんてないのかもしれないけど、だからプログラミングとかそういう、自分以外のものに頼って、自分でできるかもしれない努力を省いちゃおうとは、私は思わない」

薫ちゃんの目の中にいる自分が、今の自分になる。

「意味がないこととか、無駄なこととか、新技術で簡単に省けちゃうようなことにこそ、人間性とか、あたたかみとか、そういう言葉にすらできないような、だけどかけがえのないものが宿るような気がするの。薫ちゃんは、そんなの非合理的だとか、無駄だし意味がないって笑うかもしれないけど、だけどそれでも、そこに、私たち人間にしか感じられない、大切なものがあるような気がするの、私はそう信じたいの。せっかく人間に生まれて人間として生きてるんだから、それが甘えでも何でもいいから、そう信じたいの」

ライブ会場で、長い行列に並ばないと買えないタオル。全国でその店でしか食べられないポップコーン。あのライブの帰り道、早足で素通りしていったものが、なぜだか今、私の両目の前をゆっくりと通り過ぎていく。

もう、自分が何を言っているのか、よくわからない。きちんと伝わっているかどうかも、よくわからない。

だけど、だからこそ、私には伝えたいことがたくさんあるんだと、心も体も痺れるほどに思う。

この感覚が人間なのだと思う。

「……薫ちゃんは、自分にできないものがあることが、怖いんじゃないの?」

私がそう言うと、薫ちゃんが一瞬、視線を下に落とした。

「自分でコントロールできないものとか、どうなるのかわからないものとか」

体の発育。スポーツの勝敗。

「自分の予想通りに動いてくれないものが、怖いんじゃないの?」

他人。恋愛感情。性欲。

「そういうものを、意味がないとか、無駄だとか言って、遠ざけてるんじゃないの?」

私の声が大きくなっていく。

「だから、結婚相手だって変なアプリで」

「ずるくない?」

だけど、薫ちゃんの声のほうが、ずっとずっと、大きかった。

「車乗る、電車乗る、冷房も暖房も使う、スマホも使う、曲作るときだってもうパソコンで楽器の音打ち込む。自分にとって都合のいい新技術とか合理性だけ受け入れて、自分の人生を否定される予感のするものは全部まとめて突っぱねるって、そんなのずるくない？」

薫ちゃんが、まるで何かのスイッチを押すように、ノートパソコンを閉じた。

「黒板が電子黒板じゃなかったからこそ渡邊君と出会えたとか、ユッコ、それ本気で言ってるの？　だったら車なんて乗らないでずっと徒歩で移動してなよ。そのほうが絶対にもっともっとたくさんの人に出会えるよ。車だったら素通りしちゃうようなたくさんの人の中に、渡邊君よりもユッコとぴったりお似合いな人がいるかもしれない」

薫ちゃんの目には、もう、いつの時代の私も映っていない。

「電車だって地下鉄だって平気で乗ってるじゃない。切符じゃなくてICカードでバンバン改札通って。そんなこと言うならせめて切符買えば？　券売機が壊れて、対応してくれた駅員さんと運命的な恋に落ちるかもよ？　そこでしか結べない、かけがえのない絆が生まれるかもよ？」

私の目には、すっかり表面が乾いてしまったドーナツが映っている。

「教室に冷房がついたときだって、昔は暑い中勉強したもんだとか言う先生たちのことバカにしてたけど、ユッコ、今、あの先生たちと全く同じこと言ってるんじゃないの？」

ドーナツ。

留学から帰ってきた渡邊君と一緒に行った、駅前のドーナツショップ。

「みんなそうなんだよ。自分に都合のいいことだけはちゃっかり受け入れてるんだよ。そのくせ自分を脅かしそうな新しい何かが出てくると、人間のあたたかみが〜、とか、人間として大切な何かを信じたい〜とか言って逃げる。攻撃したらこっちが悪者になるようなただただ正しいだけで全く何も前進しない主張を掲げて、新しいものを試しもしないですぐに逃げるんだよ。変化していく社会に理解がある顔して、自分だけは自分のままでいたいんだよ。ずるいよそんなの、何なんだよマジで」

書かなかった。

私は、頭の真ん中にある何かを、ずるりと引き抜かれた気がした。

渡邊君が留学していたとき、私は、書いてほしいと言われていた手書きの手紙を、書かなかった。送り方がわからなかったから。住所の書き方がわからなかったから。携帯があれば、無料で、指先ひとつで、連絡を取ることができたから。

だから、書かなかった。書かなくてもいいと思った。

「……私、マーケティングのために小学生に話を聞くこともあるんだけど」

薫ちゃんの声のボリュームが、小さくなる。

「電子黒板をうまく使えない子に、そういうのが得意な子が教えてあげたりしてるって聞くよ。その子たちは、電子黒板ってものがなかったら、話す機会がなかった子たちかもしれない」

体から、力が抜けていく。忘れていた全身の熱っぽさが蘇る。

「そうやって、ちゃんと巡るんだよ。確かに、合理性によって省かれる人間的なものはいっぱいあるかもしれないけど、その代わりに、これまでになかった新しい人間的な何かが生まれる。そうやって巡ってきたんだよ、今までも」

胃が、波打つ。今度は、吐き気だ。

「確かに、『おうちでピアニスト』も今回作ったソフトも、音楽業界から何かを奪うかもしれないよ。だけど、これまで正しいと思われてきただけの何かが奪われたあと、全く新しい、次の時代にとっては正しいかもしれないものが生まれる可能性だってある。新しいものって、生まれたその瞬間は、いい方向、悪い方向、どっちに作用するか誰にもわからないんだよ」

薫ちゃんが、大きく息を吸う。

「誰にもわからないんだったら、私は、自分で試したいの」

薫ちゃんの言葉の速度が、ゆっくりになる。

「試して、自分たちにどんな作用があるのか、ちゃんと知りたいの」

薫ちゃんの顔が、幼い日のそれに見える。タブレットを初めて手にしたあの日、『Over』のＤＶＤを何度も何度も観返していたあの日、『おうちでピアニスト』についてのインタビューを受けていたあの日。

私たちはこれまでずっと、背中合わせの状態で手をつないでいた。だからこそ、交わし合うべき言葉がたくさんあった。今この時間が、お互いを傷つけるために存在しているわけではないということは、お互いが一番わかっている。

だけどもうひとつだけ、どうしても聞いておきたいことがある。

「薫ちゃん」

私は、空気の塊を飲み込んだ。

「セックス、した？」

「え？」

薫ちゃんが、少女の表情のまま声を漏らした。

「旦那さんと。セックスした？」

結婚したというのに、薫ちゃんは引っ越していない。このマンションに旦那さんと一緒に住んでいる形跡も、ない。

「……子どもを産みたい年齢は、ちゃんと話し合ってるから大丈夫」

「つまり、まだしてないってこと、だよね？」

「旦那の話すると、皆そんな反応なんだよね。うちの両親もそう」

ため息をついた薫ちゃんは、もう、大人の顔に戻っていた。

「確かに、ユッコと渡邊君はすごいと思うよ。小学生のときに出会ってそれからずっと一緒にいるなんて、誰に話したって素敵な二人だねって言われるし」

だけど、と、薫ちゃんが言葉を切る。

「ユッコと渡邊君の出会いのほうが、私と旦那の出会いよりも偉いの？　子どものころからの友達と結婚するほうが、大人になってアプリで出会った人と結婚するよりすごいことなの？　正しいことなの？　ネットで出会うより、偶然落としたハンカチを拾って連絡先交換するほうが尊いの？　結果的に大切な人に出会えたってことは同じなのに、人が人と出会うことに差なんてあるの？」

「すごいとか正しいとか、そういうことじゃないよ」

これだけは伝えたい。きちんと言葉を尽くして。薫ちゃんにずっと話したいと思っていた。だけど、うまく組み合わさらない私の言葉は、薫ちゃんの声の渦に呑み込まれていく。

「私たちはずっとずっと変わり続けてるんだよ。ちょっと昔まではお見合い結婚が当たり前で、その子どもの世代くらいから恋愛結婚が主流になって。また、変わろうとしてるんだよ。だって私たちが生きてる社会が変わってるんだから。恋愛結婚した人たちは、自分の人生が否定された気がするだろうから拒否反応を示すと思うけど」

薫ちゃんの言葉のスピードが、また上がる。

「ていうか、恋愛結婚なんて非効率的なことが推奨されてるから離婚率は上がるし子どもの数だって減ってるんだよ。皆ユッコと渡邊君のこと素敵だっていうけど、小学校のクラスメイトなんて、偶然同じ学区に住んでて、偶然同じ教室に振り分けられただけの人だよ。どんなポテンシャルがある人なのか、その時点では何にもわからない。もし渡邊君が大人になって暴力をふるうような男になったら？　それこそユッコの何年間かは無駄だったんじゃないの？　ユッコと渡邊君が同じように人生のステージを進んでいったのは、ただの偶然だよ」

「偶然だったから、愛しいんだよ」

開いた薫ちゃんの口が、動きを止める。

「ねえ、薫ちゃん。人と人との関係だけは、効率とかじゃないんだよ。それだけは絶対に合理化できないし、何も省けない」

薫ちゃんが一瞬、目を見開いた気がした。

「自分じゃない誰かのことを理解したいって思ったり、理解しようといろんなことしてみたり、失敗したり、そのうえですごく好きだって思ったり、相手からもそう思われてることがわかってどうしようもなく嬉しくなったり、愛しくて尊くてたまらなくなってむしろ嫌いになりそうなことが起きたり、心には触れられないからせめて体に触れたくなったり……そういう部分はやっぱりどうしたって合理化できないし、どこかのプロセスを省いたりとかもできないんだよ。失敗しまくるんだけど、改善方法もないの。ぶつかるしかないの、これからどうなるかわからないことに、ぶつかっていくしかないの」

私は息を飲み込み、吐き気を鎮める。

「どれだけ大人になっても、どれだけの人と出会っても、おんなじことがずーっとできなかったりするんだけど、そんな自分がめちゃくちゃ嫌になったりもするんだけど、それでもいいんだよ」

目の前にいる薫ちゃんが、また、あのころの姿に戻った気がした。

——これまでできなかったことができるようになるって、それだけでワクワクするなあって思ったんです。

「確かに、できるようになったほうがいいことっていっぱいあるけど」

私の声が、やっと、あのころの薫ちゃんにまで、届く。

「できないこととか、わからないこととか、コントロールできないこととか……そういうものが自分にもあること、そんなに怖がらなくていいんだよ」

薫ちゃんが頷いたかどうかはわからない。だけど私は、何度も頷きながら、言った。

「誰でも何でもできるようになったら、皆同じになっちゃうから。ままならないことがあるから、皆別々の人間でいられるんだもん」

麦茶の中の氷が、完全に溶けてしまっている。私がグラスを握ると、結露した水滴が掌に染みついた。

「……とりあえず、帰らなきゃ」

私は一口、麦茶を飲む。

「コンペの曲、やり直しになっちゃったし……」

締切にはもう到底間に合わない。プロデューサーサイドになんて伝えよう。一瞬頭の中を過った現実が、ずしんと重い。

「ていうか、言葉、ちょっときつかったかも、ごめん」

小さく笑ってみたけれど、薫ちゃんはこちらを向かない。

「偉そうなこと言ったけど、最近私も渡邊君とちょっと色々あってさ……まず渡邊君が就職する前に、私も、音楽で食べていけるようにならないとなんだよね。がんばりどきなのに体調崩したりとかしてて、イライラしてて……なんか、そういうのも今、ぶつけちゃったかも」

私は、全く手をつけていなかったドーナツを手に取った。

「私こそあんまり恋愛のこととか言ってる場合じゃないんだよね。ほんと、今はそういうこと忘れて、仕事頑張らなきゃ――」

乾いた砂糖が、指の腹をさらさらと滑る。

チョコがかかったドーナツを、口元まで持っていく。

甘いにおいが、鼻を覆った。

甘い甘い甘いにおいが。

「――っごめん」

私は慌ててその場を立ち上がる。トイレ、どのドアがトイレなのか、すぐに判断がつかない。間に合わない。開けたドアの先には、トイレではなく洗面台がある。でも、もうここでいい。

「薫ちゃ、ごめ」私は蛇口をひねりながら、嘔吐物をそこに撒き散らした。飛び散ったものが、私の頬に付着する。

「……大丈夫?」

後ろから、薫ちゃんの声が聞こえる。

「大丈夫、大丈夫」

そう言いたいけれど、うまく言葉にならない。ドーナツの甘いにおいを嗅いだ途端、どうにもこうにも体が言うことを聞かなくなってしまった。

水で嘔吐物を流す。「ごめん、ほんと」顔に着いたものを洗い流す。口の中を漱《すす》ぐ。冷たい水が歯に痛い。

冷たい水を浴びてもやっぱり、熱っぽさは消えない。

「それ」

薫ちゃんが、小さな声で言った。

「つわりじゃないの?」

ばちゃっ、と、私の口の中から、水道水と少量の嘔吐物が零れ出る。

「……妊娠、してるんじゃないの?」

私は、顔を上げた。

洗面台の鏡に、薫ちゃんの顔が映っている。

妊娠。

——確かに、就職してすぐ結婚とかっていうのはまだ難しいかもしれないけど、でも。

——私、がんばる。お互い、がんばろう。結婚できるって、胸張って思える日まで。

渡邊君。

私は、波打つ胃を抑え込みながら思う。渡邊君。渡邊君渡邊君。

「ままならないことがあるから、人間……」

鏡の中の薫ちゃんが、小さな声で呟いた。

——2022年7月24日

初出

レンタル世界　「オール讀物」二〇一五年八月号
ままならないから私とあなた　「文學界」二〇一六年一月号

著者略歴

一九八九年五月生まれ、岐阜県出身。二〇〇九年『桐島、部活やめるってよ』で第二二回小説すばる新人賞を受賞し、デビュー。二〇一三年『何者』で、第一四八回直木賞を受賞。戦後最年少の受賞者となる。二〇一四年『世界地図の下書き』で第二九回坪田譲治文学賞を受賞。他の小説作品に『少女は卒業しない』、『スペードの3』、『武道館』、『世にも奇妙な君物語』など、エッセイ集に『時をかけるゆとり』がある。

ままならないから私《わたし》とあなた

二〇一六年四月十日　第一刷発行

著　者　朝井《あさい》リョウ

発行者　吉安　章

発行所　株式会社　文藝春秋

〒102―8008　東京都千代田区紀尾井町三―二三

電話　〇三―三二六五―一二一一

印刷所　凸版印刷

製本所　加藤製本

万一、落丁・乱丁の場合は、送料当方負担でお取替えいたします。小社製作部宛、お送り下さい。定価はカバーに表示してあります。

本書の無断複写は著作権法上での例外を除き禁じられています。また、私的使用以外でのいかなる電子的複製行為も一切認められておりません。

©Ryo Asai 2016

Printed in Japan

ISBN978-4-16-390434-4